U0891375

江南晨韵

江南晨韵丛书

文采菁华

主　编：黄燕明
副主编：田燕芳　王倩文

中山大學出版社
SUN YAT-SEN UNIVERSITY PRESS
·广州·

版权所有 翻印必究

图书出版编目（CIP）数据

文采菁华/黄燕明主编.—广州：中山大学出版社，2014.9
ISBN 978-7-306-04796-0

Ⅰ. ①文… Ⅱ. ①黄… Ⅲ. ①散文集－世界 Ⅳ. ①I16

中国版本图书馆CIP数据核字(2014)第005083号

出版人：徐 劲
策划编辑：周建华 王 润
责任编辑：王 润
封面设计：林绵华
装帧设计：林绵华
责任校对：黄燕玲
责任技编：何雅涛
出版发行：中山大学出版社
电 话：编辑部 020-84111996,84113349,84111997,84110779
发行部 020-84111998,84111981,84111160
地 址：广州市新港西路135号
邮 编：510275 传 真：020-84036565
网 址：http://www.zsup.com.cn E-mail:zdcbs@mail.sysu.edu.cn
印 刷 者：广州家联印刷有限公司
规 格：880mm×1230mm 1/32 9.75印张 210千字
版次印次：2014年9月第1版 2014年9月第1次印刷
印 数：1～6000册 定 价：26.00元

如发现本书因印装质量影响阅读，请与出版社发行部联系调换。

编 委 会

主　编　黄燕明

副主编　田燕芳　王倩文

编　委　李文文　徐幸良　孙　俐　郑　萍

序

张婴音

中学生的阅读需要引导和培养。杭州江南实验学校的老师非常细心、用心，他们为学生的阅读指导做了许多努力，付出很多心血。在这里，要由衷地感谢江南实验学校的老师，同时，祝贺他们编辑精选的《文采菁华》、《诗韵悠长》两本课外读物顺利出版。

当我细细读完《文采菁华》、《诗韵悠长》所选的诗歌和散文，既欣喜又感动，仿佛回到了自己少年时代阅读文学作品的温馨时光。这些美妙的有深刻思想和富于想象力的文字曾经给我的心灵以启迪，这是文学的经典，是引导青少年走向真善美的桥梁。

《文采菁华》、《诗韵悠长》两本课外读物的出版，为我们广大中学生开阔了阅读的视野。这些精选出来的经典作品之所以历久弥新，是因为作品本身具有的无限魅力。成年人和少年们的阅读体验可能有些不一样，成年人有他们各自不同的人生独特感受，而青少年却能从中认识自然界和社会人生的丰富多样性，从而提高自己的生活情趣，成为一个健全发展的人。《文采菁华》所选散文的叙述特点是生动自然、感情真挚、思想闪光、文字纯朴，中外诗歌则朗朗上口、意蕴无穷。我在阅读中感觉自己就像踏上了一趟奇妙的旅程，因为这两本读物中，有的文章以前读过，有的却是今天才接触，这等于是给我补了一课，使我在阅读中得益匪浅。这说明，今天的青少年比我们那代人幸福得多，每个人都应该特别珍重。

我有一种感叹，现在在中学生的阅读中常见到“浅阅读”状态，对文学经典知之甚少，这确是一种值得注意的倾向。如何引发他们对文学作品的兴趣，我觉得首先需要家长、语文老师的重视，给予教育关怀和引导推荐，所以，《文采菁华》、《诗韵悠长》的出版应该是走出了重要的一步。

从事语文教学的朋友，希望改变目前学生的阅读现状，我作为一名教育工作者，也渴望能为学生的阅读推广多做一些努力。那么，我们能为青少年的深层次阅读提供怎样的空间？又该怎样鼓励他们去扩展自己的创造性思维和从小打好写作基础？作为家长与教师，我们是否应该更加在意青少年脑海里时常迸发的灵感？他们其实拥有许许多多充满了智慧的想法，需要我们去发现、去聆听、去珍惜。现在有了《文采菁华》、《诗韵悠长》两本经典读物，这是最好的教材，是课堂上教科书所难以达到的。如何让青少年喜欢阅读经典文学作品、喜欢写作，让他们的想象力张开翅膀去翱翔，这是非常重要的。若干年后，这些美好的曾经影响他们青少年时期的文学经典将永远在他们的记忆中闪光。

《文采菁华》、《诗韵悠长》集古今散文诗歌之精华，荟萃各有特色、五彩缤纷的作品，其中的佳作不胜枚举，希望中学生们通过自己的阅读，站在各不相同的角度，用自己独到的方式表达对自然和生活的认知，在阅读中开扩眼界，放飞心灵。

让我们和青少年一起在中外古今的经典作品海洋里遨游吧！

目 录

青春如歌

3 梦 / 冰心
7 上学第一天和墨刺的梅花点 / 牛汉
13 我的童年 / 季羡林
19 第二度的青春 / 梁遇春
23 梦幻中的孩子们（一段奇想）/ 查尔斯·兰姆
29 青春 / 塞缪尔·厄尔曼

人性光华

33 树阴下的默想 / 何其芳
39 母亲的记忆 / 孙犁
43 弟弟 / 张爱玲
46 万物之母 / 许地山
49 父亲 / 托马斯·曼
55 骑一次大象 / 巴伯斯·H·迪尔

追忆如墨

63 怀念李叔同先生 / 丰子恺

73 再忆萧珊 / 巴金
77 西湖忆旧（节选）/ 琦君
85 访母校·忆儿时 / 林海音
93 多年父子成兄弟 / 汪曾祺
99 回忆巴尔扎克 / 戴·戈蒂耶

四季风物

105 秋夜 / 鲁迅
109 银杏 / 郭沫若
113 西溪的晴雨 / 郁达夫
117 海 / 唐弢
121 冬日漫步（节选）/ 梭罗
127 夏天——苏塞克斯 / 爱·托马斯

民风民俗

135 谦让 / 梁实秋
139 黄昏的观前街 / 郑振铎
145 扬州的夏日 / 朱自清
149 市集 / 沈从文
153 呼兰河传（节选）/ 萧红
157 我生命中那段忧伤的故事 / 西蒙 威森塔尔

往事如烟

165 淡淡的血痕中 / 鲁迅
167 清河坊 / 俞平伯
173 永远的憧憬和追求 / 萧红
175 我在西湖出家的经过 / 弘一
183 幽径悲剧 / 季羡林
189 热血、辛劳、汗水和眼泪 / 丘吉尔

寄情山水

195 湖上杂忆（节选）/ 曹聚仁
201 钓台的春昼 / 郁达夫
211 白马湖之冬 / 夏丏尊
215 庐山面目 / 丰子恺
221 桐庐行 / 柯灵
225 黄山小记 / 菡子

历史回声

233 无声的中国 / 鲁迅
239 要为自由而战斗 / 卓别林
243 在葛底斯堡国家公墓的演说 / 林肯
245 一个普通美国人的伟大之处 / 爱默生
251 我有一个梦想 / 马丁·路德金

257 乔布斯斯坦福大学演讲（节选）/ 乔布斯

芦苇之思

263 野草序 / 鲁迅
265 摆渡 / 高晓声
267 我与地坛 / 史铁生
273 真实的高贵 / 海明威
275 我为什么而活着 / 罗素
277 人是能够思想的芦苇 / 帕斯卡尔

古典情怀

283 诫子书 / 诸葛亮
285 春夜宴从弟桃李园序 / 李白
287 名二子说 / 苏洵
289 小石城山记 / 柳宗元
291 黔之驴 / 柳宗元
293 喜雨亭记 / 苏轼
297 西湖七月半 / 张岱
299 病梅馆记 / 龚自珍

青春如歌

梦[①]

冰心[②]

她回想起童年的生涯，真是如同一梦罢了！穿着黑色带金线的军服，佩着一柄短短的军刀，骑在很高大的白马上，在海岸边缓辔徐行的时候，心里只充满了壮美的快感，几曾想到现在的自己，是这般的静寂，只拿着一支笔儿，写她幻想中的情绪呢？

她男装到了十岁。十岁以前，她父亲常常带她去参与那军人娱乐的宴会。朋友们一见都夸奖说，"好英武的一个小军人！今年几岁了？"父亲先一面答应着，临走时才微笑说，"他是我的儿子，但也是我的女儿。"

她会打走队的鼓，会吹召集的喇叭，知道毛瑟枪里的机关；也会将很大的炮弹，旋进炮腔里。五六年父亲身畔无意中的训

---

① 本文原载1923年4月《小说月报》第14卷第4号。

② 冰心（1900—1999），原名谢婉莹，笔名冰心，取"一片冰心在玉壶"之意。著名诗人、作家、小说家、翻译家、儿童文学家。她的诗歌一度产生很大的影响，被茅盾称为"繁星格"、"春水体"。中国现代文学史上第一位著名女作家，她以宣扬"爱的哲学"著称。

练，真将她做成很矫健的小军人了。

别的方面呢？平常女孩子所喜好的事，她却一点都不爱。这也难怪她，她的四围并没有别的女伴，偶然看见山下经过的几个村里的小姑娘，穿着大红大绿的衣裳，裹着很小的脚。匆匆一面里，她无从知道她们平居的生活。而且她也不把这些印象，放在心上。一把刀，一匹马，便堪过尽一生了！女孩子的事，是何等的琐碎烦腻呵！当探海的电灯射在浩浩无边的大海上，发出一片一片的寒光，灯影下，旗影下，两排儿沉豪英毅的军官，在剑佩锵锵的声里，整齐严肃的一同举起杯来，祝中国万岁的时候，这光景，是怎样的使人涌出慷慨的快乐的眼泪呢？

她这梦也应当到了醒觉的时候了！人生就是一梦么？

十岁回到故乡去，换上了女孩子的衣服，在姊妹群中，学到了女儿情性：五色的丝线，是能做成好看的活计的；香的，美丽的花，是要插在头上的；镜子是妆束完时要照一照的；在众人中间坐着，是要说些很细腻很温柔的话的；眼泪是时常要落下来的。女孩子是总有点脾气，带点娇贵的样子的。

这也是很新颖，很能造就她的环境——但她父亲送给她的一把佩刀，还长日挂在窗前。拔出鞘来，寒光射眼，她每每呆住了。白马呵，海岸呵，荷枪的军人呵……模糊中有无穷的怅惘。姊妹们在窗外唤她，她也不出去了。站了半天，只掉下几点无聊的眼泪。

她后悔么？也许是，但有谁知道呢！军人的生活，是怎样的造就了她的性情呵！黄昏时营幕里吹出来的笳声，不更是抑扬凄婉么？世界上软款温柔的境地，难道只有女孩儿可以占有么？海上的月夜，星夜，眺台独立倚枪翘首的时候：沉沉的天幕下，人静了，海也浓睡了，——“海天以外的家！”这时的情怀，是诗人的还是军人的呢？是两缕悲壮的丝交纠之点呵！

除了几点无聊的英雄泪，还有甚么？她安于自己的境地了！生命如果是圈儿般的循环，或者便从“将来”，又走向“过去”的道上去，但这也是无聊呵！

十年深刻的印象，遗留于她现在的生活中的，只是矫强的性质了——她依旧是喜欢看那整齐的步伐，听那悲壮的军笳。但与其说她是喜欢看，喜欢听，不如说她是怕看，怕听罢。

横刀跃马和执笔沉思的她，原都是一个人，然而时代将这些事隔开了……

童年！只是一个深刻的梦么？

（1921 年 11 月 1 日）

编者注：

人们常常幻想流去的时间，尤其是一些成功人士，总是怀念自己美好的童年。因为童年的甜、童年的苦、童年的惊心动魄都是现在所没有的，也都是值得回忆的。当然，冰心也有她值得回忆的童年，只不过，冰心把它们当作她的梦罢了！冰心男装到了十岁，十岁前，她会打走队的鼓、会吹召集的喇叭……跟着父亲无意中的训练，真成了一位矫健的小军人。而女孩所喜欢做的事情，冰心却一点儿也不爱做。可是，“梦”醒了，冰心回到故乡时，换上了女装，学会了女孩的性情。但十岁前那个深刻的“梦”怎能叫她忘记呢？！可是除了拿着笔，写他幻想中的情绪外，也只能掉下几滴无聊的眼泪啊！

（选自《幻想流去的时间——读冰心〈梦〉有感》）

上学第一天和墨刺的梅花点[①]

牛汉[②]

说的是上小学，也就是我有生以来第一次踏进学校那天的情形。回首往事，一片苍茫，许多情景已从浑浊的脑海无声无息地漫漶了、消失了，再也不能确切地忆述当时的一切。值得庆幸的是，20 世纪 50 年代中期和以后的十多年里，我的头脑还没有如现在这么木木然寂寂然，全部人生的图像和音响，都记录得清清楚楚，有声有色，否则非得承受更大的磨难不可。六十多年前上小学那天经过的情景，始终深深地刻印在我心灵的深底处，丝毫没有淡出，就像苍茫的脑海上空翩翩而飞的白鸥。

记得 1929 年春节前几天，流寓北京城的父亲，写回一封家书，说他不久将返回家乡，还说为我买了一个很结实的书包。在信中他提醒母亲，说我已到上学的年龄，不能总在家里顽皮

---

① 本文选自《牛汉散文》，人民文学出版社2009年版。

② 牛汉（1923—2013），山西定襄人，当代著名诗人、文学家、作家。著有诗集《彩色生活》、《爱与歌》等，散文集《童年牧歌》等。

作害，该念点书了。父亲还没有回来，书包自然没有见到。上学那天，我双手空空，穿戴齐齐整整，跟在母亲的后面，一路上遇到的人，都高兴而诚恳地对母亲说："这娃娃是该上学了。"口气里听出一些别的含义，也有人夸奖我一句："今儿可干干净净像个人了。"

真的，我从来没有这么整洁过。祖母说握笔写字不能用玩泥的脏手，逼着我把"粪叉般的手"和"车轴般的黑脖子"（引号里的话是祖母的原词儿）用麻雀粪（当肥皂用）搓了又搓，洗了又洗，把祖母专为我烧的一锅热水全部用光了。

母亲拎着一包从城里点心铺文盛斋买的糟子糕（蛋糕），油都明晃晃地渗出了包装纸，十分地馋人。这点细节，到现在还记得。我乖乖地走着，真想吼唱一段新学的西口爬山调。上学堂之后，就多半吼唱不成了。记得我可着嗓门吼了一曲《水刮西包头》，调子很悲惨，一直唱到校门口。学校在"子方庙"里，"子方"只是记音，一直不清楚庙里供的什么神。供神的龛，前两三年被纸封了起来。

母亲与老师冯百成是熟人，冯老师与我父亲同过学。冯老师在东屋住着，一进他的门，母亲说的第一句话是："给冯老师叩个头。"我规规矩矩行了跪拜礼。冯老师说我一定聪明，长得很像我父亲，他把我领到教室，就是庙里坐北朝南的大殿，为我找了一个座位。

老师刚走出教室，一个个子比我高一头的学生，我认得他，他是自称武举的王村长的儿子王仁义，朝我走过来，说："你既然已是这个学堂的学生，就得刺个梅花点。""什么时候刺？”“当下就刺”。已经有人拿来砚台，正在研墨，我不在乎这个，问:“刺在哪里？”“左手臂上。”王仁义伸出自己的左臂，上面真的有一个五点形成的梅花。村里大人们有不少刺过的，似乎人长大成人就得刺上这个标志。王仁义墨刺手艺很在行，先在我左手臂上涂上黑墨，立即用针扎起来。一个点至少扎十几次，五个点就得扎八九十次之多，只觉得有点刺痛感，仁义问我：“疼不疼？”我笑笑说：“不疼。”这点疼比起黑肚母蝎子螫人的那种钻心疼真算不了什么！我这两年就被蝎子螫过三次，疼得一夜睡不着觉。

我的左手臂墨刺的部位肿疼了十几天，显然发了炎。没有治，咬着牙关硬充好汉捱了过去，我的左手臂于是有了自己的梅花点。

过了好多年，逃难到大后方上中学，同学们常常好奇地问我。手臂上刺的梅花点有什么意思？我从来说不明白。说它好看说不出口。与我同过学的成百成千的学生真还没见过一个手臂上有墨刺，渐渐地觉得光洁的手臂上刺上几个黑墨点，实在不光彩，几乎变成愚昧与野蛮的标志。我常常见那些江湖卖艺人或兵痞们手臂胸前刺着些花纹，更感到羞耻，因此，即使天热，也不愿穿短袖衬衫出丑。这种心态苦恼了我许多年，人到中年之后，才渐渐把它看轻了，知道这种历史的痕迹不必伤什么脑筋，而且与一个人的品德绝无内在联系。道理归道理，但一看到它还是有些不顺眼。

前十几年，有个朋友劝我把它去掉算了，医院把这看作很小的手术。我犹豫了好久，觉得无太大的必要。我看见有人去掉脸上的痣或瘊子，还是留下点浅浅的疤痕。我的左臂即使作了手术，也不可能了无踪影。我一看见它，心里还会想到它过去的阴影。因此，直到现在，我的梅花点还依然牢牢地长在手臂上。我说它“长”，一点不假，记得王仁义为我刺上它时，五个点圈起来不过指甲大小，但是，它随着我的躯体不断地在长大，现在几乎已长大了两三倍，但色泽似渐渐变淡，近于浅蓝，它与我同时衰老了。

这几年，我偶然看看左手臂上的梅花点，却生出了另一种怀旧的情感。想起我的愚昧而迷人的童年，想起童年时那种苍凉而原始的人生境界，它几乎成为童年和故乡的实实在在的一部分。六岁时刺的墨点居然还明显地活在我的生命之中，它决不只属于手臂，把这种情绪仅仅说成是伤逝或衰老是不全面的，因为它给我带来的不再是不光彩或羞耻。连愚昧也说不上，它真正成为我生命最初的一个与胎记相似的标志。

写到这里，我想起一件决不可遗忘的往事，它与我手臂上这五个梅花点有关。1945 年 8 月，我从汉中到天水去看望我已有八年未见面的母亲，两年前她从山西老家带着两个弟弟从老家到了天水，与我父亲团聚。1937 年之后，父亲一直在天水教中学。

当我走进父母住的天水北城根那个院落（我过去来过），知道我家住在南楼上，我站在院当中，大声地喊：“妈！妈！”同院的人知道我是谁，也跟我一块喊。我看见我母亲慌慌张张（她一生总是慌慌张张的）下楼，几乎从楼梯上摔下来，望着面前陌生的儿子，她不认识我，她望着我直发愣，“是成汉？”“是。”我扑到母亲的怀里，但没有哭。母亲从来不流泪，她也没有哭，她真的认不出我来了。她摸摸我的两只耳朵，我知道小时候我的一个耳朵有点压歪，她说：“看不出来了。”她突然抓住我的左臂，把衣袖捋上去，“我看看有没有那个五梅花！”当她看到我手臂上的那五个黑点时，咯咯地狂笑起来，笑得流出了热泪，“是，是，是成汉！”什么都变了，个子从一米五长到一米九，面孔不似小时候那么发灰，而且还戴了近视眼镜，真的变得陌生了。只是手臂上的五个黑点没有变。母亲久久地摸着我左手上臂的梅花点，说：“啊！真好看！”

我把墨刺的梅花点珍惜地留在我的生命里，好看或不好看，愚昧或不愚昧，对于我早已不成什么问题。

编者注：

本文语言平实朴素，贴近生活，富有生活气息。用词极为凝练，平字见奇，段中“摸、抓、捋、狂笑、久久地摸”等词生动准确地写出母亲与我相认过程中的动作、情态和急切的心情，让人感受到了母亲见到久已未归的儿子时的复杂且微妙的感情。

我的童年[①]

季羡林[②]

我在故乡只待了六年，我能回忆起来的事情还多得很，但是我不想再写下去了，已经到了同我那一个一片灰黄的故乡告别的时候了。我六岁那一年，是在春节前夕，公历可能已经是1917年，我离开父母，离开故乡，是叔父把我接到济南去的。叔父此时大概日子已经可以了，他兄弟俩只有我一个男孩子，想把我培养成人，将来能光大门楣，只有到济南去一条路。这可以说是我一生中最关键的一个转折点，否则我今天仍然会在故乡种地（如果我能活着的话），这当然算是一件好事。但是好事也会有成为坏事的时候。"文化大革命"中间，我曾有几次想到：如果我叔父不把我从故乡接到济南的话，我总能过一个浑浑噩噩但却舒舒服服的日子，哪能被"革命家"打倒在地，身上踏上一千只脚还要永世不得翻身呢？呜呼，世事

① 本文选自《季羡林自传》，当代中国出版社2008年版第1页。

② 季羡林（1911－2009），山东聊城市临清人，字希逋，又字齐奘。国际著名东方学大师、语言学家、文学家、国学家、佛学家、史学家、教育家和社会活动家。

多变，人生易老，真叫做没有法子！到了济南以后，过了一段难过的日子。一个六七岁的孩子离开母亲，他心里会是什么滋味，非有亲身经历者，实难体会。我曾有几次从梦里哭着醒来。尽管此时不但能吃上白面馒头，而且还能吃上肉；但是我宁愿再啃红高粱饼子就苦咸菜。这种愿望当然只是一个幻想。我毫无办法，久而久之，也就习以为常了。

叔父望子成龙，对我的教育十分关心。先安排我在一个私塾里学习，老师是一个白胡子老头，面色严峻，令人见而生畏。每天入学，先向孔子牌位行礼，然后才是“赵钱孙李”。大约就在同时，叔父又把我送到一师附小去念书。这个地方在旧城墙里面，街名叫升官街，看上去很堂皇，实际上“官”者“棺”也，整条街都是做棺材的。此时五四运动大概已经起来了。校长是一师校长兼任，他是山东得风气之先的人物，在一个小学生眼里，他是一个大人物，轻易见不到面。想不到在十几年以后，我大学毕业到济南高中去教书的时候，我们俩竟成了同事，他是历史教员。我执弟子礼甚恭，他则再三逊谢。我当时觉得，人生真是变幻莫测啊！ 因为校长是维新人物，我们的国文教材就改用了白话。教科书里面有一段课文，叫做《阿拉伯的骆驼》，故事是大家熟知的，但当时对我却是陌生而又新鲜，我读起来感到非常有趣味，简直是爱不释手，然而这篇文章却惹了祸。有一天，叔父翻看我的课本，我只看到他蓦地勃然变色。“骆驼怎么能说人话呢？”他愤愤然了。“这个学校不能念下去了，要转学！”

于是我转了学。转学手续比现在要简单得多，只经过一次口试就行了。而且口试也非常简单，只出了几个字叫我们认。我记得字中间有一个“骡”字，我认出来了，于是定为高一。一个比我大两岁的亲戚没有认出来，于是定为初三。为了一个字，我沾了一年的便宜，这也算是轶事吧。

这个学校靠近南圩子墙，校园很空阔，树木很多，花草茂密，景色算是秀丽的。在用木架子支撑起来的一座柴门上面，悬着一块木匾，上面刻着四个大字：“循规蹈矩”。我当时并不懂这四个字的涵义，只觉得笔画多得好玩而已。我就天天从这个木匾下出出进进，上学，游戏。当时立匾者的用心到了后来我才了解，无非是想让小学生规规矩矩做好孩子而已。但是用了四个古怪的字，小孩子谁也不懂，结果形同虚设，多此一举。我“循规蹈矩”了没有呢？大概是没有。我们有一个珠算教员，眼睛长得凸了出来，我们给他起了一个绰号，叫做 shao-qianr（济南话，意思是知了）。他对待学生特别蛮横。打算盘，错一个数，打一板子。打算盘错上十个八个数，甚至上百数，是很难避免的。我们都挨了不少的板子。不知是谁一嘀咕：“我们架（小学生的行话，意思是赶走）他！”立刻得到大家的同意。我们这一群十岁左右的小孩子也要“造反”了。大家商定：他上课时，我们把教桌弄翻，然后一起离开教室，躲在假山背后。我们自己认为这个锦囊妙计实在非常高明，如果成功了，这位教员将无颜见人，非卷铺盖回家不可。然而我们班上出了“叛徒”，虽然只有几个人，他们想拍老师的马屁，没有离开教室。这一来，大大长了老师的气焰，他知道自己还有“群众”，于是威风大振，把我们这一群不知天高地厚的“叛逆者”狠狠地用大竹板打手心打了一阵，我们每个人的手都肿得像发面馒头，然而没有一个人掉泪。我以后每次想到这一件事，觉得很可以写进我的“优胜纪略”中去。“革命无罪，造反有理”，如果当时就有那一位伟大的“革命家”创造了这两句口号，那该有多么好呀！ 谈到学习，我记得在三年之内，我曾考过两个甲等第三（只有三名甲等），两个乙等第一，总起来看，属于上等，但是并不拔尖。实际上，我当时并不用功，玩的时候多，念书的时候少。我们班上考甲等第一的叫李玉和，年年都是第一。他比我大五六岁，好像已经很成熟了，死记硬背，刻苦努力，天天皱着眉头，不见笑容，也不同我们打闹。我从来就是少无大志，一点也不想争那个状元。但是我对我这一位老学长并无敬意，还有点瞧不起的意思，觉得他是非我族类。

我虽然对正课不感兴趣，但是也有我非常感兴趣的东西，那就是看小说。我叔父是古板人，把小说叫做“闲书”，闲书是不许我看的。在家里的时候，我书桌下面有一个盛白面的大缸，上面盖着一个用高粱秆编成的“盖垫”（济南话）。我坐在桌旁，桌上摆着《四书》，我看的却是《彭公案》、《济公传》、《西游记》、《三国演义》等等旧小说。《红楼梦》大概太深，我看不懂其中的奥妙，黛玉整天价哭哭啼啼，为我所不喜，因此看不下去。其余的书都是看得津津有味。冷不防叔父走了进来，我就连忙掀起盖垫，把闲书往里一丢，嘴巴里念起“子曰”、“诗云”来。

到了学校里，用不着防备什么，一放学，就是我的天下。我往往躲到假山背后，或者一个盖房子的工地上，拿出闲书，狼吞虎咽似地大看起来。常常是忘记了时间，忘记了吃饭，有时候到了天黑，才摸回家去。我对小说中的绿林好汉非常熟悉，他们的姓名背得滚瓜烂熟，连他们用的兵器也如数家珍，比教科书熟悉多了，自己当然也希望成为那样的英雄。有一回，一个小朋友告诉我，把右手五个指头往大米缸里猛戳，一而再，再而三,一直到几百次，上千次。练上一段时间以后，再换上沙粒，用手猛戳，最终可以练成铁砂掌，五指一戳，能够戳断树木。我颇想有一个铁砂掌，信以为真，猛练起来，结果把指头戳破了，鲜血直流。知道自己与铁砂掌无缘，遂停止不练。

学习英文，也是从这个小学开始的。当时对我来说，外语是一种非常神奇的东西。我认为，方块字是天经地义，不用方块字，只弯弯曲曲像蚯蚓爬过的痕迹一样，居然能发出音来，还能有意思，简直是不可思议。越是神秘的东西，便越有吸引力。英文对于我就有极大的吸引力。我万没有想到望之如海市蜃楼般的可望而不可及的东西竟然唾手可得了。我现在已经记不清楚，学习的机会是怎么来的。大概是有一位教员会一点英文，他答应晚上教一点，可能还要收点学费。总之，一个业余英文学习班很快就组成了，参加的大概有十几个孩子。究竟学了多久，我已经记不清楚，时候好像不太长，学的东西也不太多，二十六个字母以后，学了一些单词。我当时有一个非常伤脑筋的问题：为什么“是”和“有”，算是动词，它们一点也不动嘛？当时老师答不上来；到了中学，英文老师也答不上来。当年用“动词”来译英文的 verb 的人，大概不会想到他这个译名惹下的祸根吧。

每次回忆学习英文的情景时，我眼前总有一团零乱的花影，是绛紫色的芍药花。原来在校长办公室前的院子里有几个花畦，春天一到，芍药盛开，都是绛紫色的花朵。白天走过那里，紫花绿叶，极为分明。到了晚上，英文课结束后，再走过那个院子，紫花与绿叶化成一个颜色，朦朦胧胧的一堆一团，因为有白天的印象，所以还知道它们的颜色。但夜晚眼前却只能看到花影，鼻子似乎有点花香而已。这一幅情景伴随了我一生，只要是一想起学习英文，这一幅美妙无比的情景就浮现到眼前来，带给我无限的幸福与快乐。

编者注：

您写的几本书，不仅是个人一生的写照，也是近百年来中国知识分子历程的反映。您在最困难的时候，包括在“牛棚”挨整的时候，也没有丢掉自己的信仰。——温家宝赴 301 医院为季羡林庆生时的对话（新华网 2006 年 8 月 6 日）

智者乐，仁者寿，长者随心所欲。曾经的红衣少年，如今的白发先生。留德十年寒窗苦，牛棚杂忆密辛多。心有良知璞玉，笔下道德文章。一介布衣，言有物，行有格，贫贱不移，宠辱不惊。——2006 年度“感动中国”人物颁奖词

文学的最高境界是朴素，季先生的作品就达到了这个境界。他朴素，是因为他真诚。——钟敬文（中国民俗学之父、散文家）

做学问应该像北京大学的季羡林那样。——胡适

第二度的青春[①]

梁遇春[②]

人们到了相当年纪，大概不会再有春愁。就说偶然还涉遐思，也不好意思出口了。

乡愁，那是许多人所逃不了的。有些人天生一副怀乡病者的心境，天天惦念着他精神上的故乡。就是住在家乡里，仍然忽忽如有所失，像个海外飘零的客子。就说把他们送到乐园去，他们还是不胜惆怅，总是希冀企望着，想回到一个他所不知道的地方。这些人想象出许多虚幻的境界，那是宗教家的伊甸园，哲学家的伊比鸠鲁斯花园，诗人的ElysiumElDorado（埃尔多拉多极乐），Arcadia，（阿卡迪亚、世外桃源）理想主义者的乌

---

① 本文选自《当代》1998年第6期。

② 梁遇春(1906—1932)，福建闽侯人，别署驭聪，又名秋心，民国散文家。他的译著达二三十种，多是英国的，也有俄罗斯、波兰等东欧国家的，其中以（英）《小品文选》、《英国诗歌选》影响较大，成为当时中学生喜好的读物。他的散文则从1926年开始陆续发表在《语丝》、《奔流》、《骆驼草》、《现代文学》及《新月》等刊物上，其中绝大部分后来集成《春醪集》（1930年）和《泪与笑》（1934年）出版。

托邦，来慰藉他们彷徨的心灵；可是若使把他们放在他们所追求的天国里，他们也许又皱起眉头，拿着笔描写出另个理想世界了。思想无非是情感的具体表现，他们这些世外桃源只是他们不安心境的寄托。全是因为它们是不能实现的，所以才能够传达出他们这种没个为欢处的情怀；一旦不幸，理想变为事实，它们立刻就不配做他们这些情绪的象征了。说起来，真是可悲，然而也怪有趣。总之，这一班人大好年华都消磨于绻怀一个莫须有之乡，也从这里面得到他人所尝不到的无限乐趣。登楼远望云山外的云山，淌下的眼泪流到笑涡里去，这是他们的生活。吾友莫须有先生就是这么一个人，久不见他了，却常忆起他那泪痕里的微笑。

可是，人们到了相当年纪（又是这么一句话），对于自己的事情感到厌倦，觉得太空虚了，不值一想，这时连这一缕乡愁也将化为云烟了。其实人们一走出情场，失掉绮梦，对于自己种种的幻觉都消灭了，当下看出自己是个多么渺小无聊的汉子，正好像脱下戏衫的优伶，从缥渺世界坠到铁硬的事实世界，砰的一声把自己惊醒了。这时睁开眼睛，看到天上恒河沙数的群星，一佛一世界，回想自己风尘下过千万人已尝过，将来还有无数万人来尝的庸俗生活，对于自己怎能不灰心呢？当此“屏除丝竹入中年”时候，怎么好呢？

可是，人们到了相当年纪，免不了儿女累人，三更儿哭，可以搅你的清梦，一声爸爸，可以动你的心弦。烦恼自然多起来了，但是天下的乐趣都是烦恼带来的，烦恼使人不得不希望，希望却是一服包医百病的良方。做了只怕不愁，一生在艰苦的环境下面挣扎着，结果常是“穷”而不“愁”，所谓潦倒也就是麻木的意思。做人做到艳阳天气勾不起你的幽怨，故乡土物打不动你莼鲈之思，真是几乎无路可走了。还好有个父愁。虽然知道自己的一生是个失败，仿佛也看出天下无所谓成功的事情，已猜透成功等于失败这个哑谜了，居然清瘦地站在宇宙之外，默然与世无涉了；可是对于自己孩子们总有个莫名其妙的希望，大有我们自己既然如是塌台，难道他们也会这样吗的意思。只有没有道理的希望是真实的，永远有生气的，做父亲的人们明知小孩变成顽皮大人是种可伤的事情，却非常希望他们赶快长大。已看穿人性的腐朽同宇宙的乏味了，可是还希望他们来日有个花一般的生涯。为着他们，希望许多绝不可能的事情变为可能，为着他们，肯把自己重新掷到过去的幻觉里去，于是乎从他们的生活里去度自己第二次的青春，又是一场哀乐。为着儿女的恋爱而担心，去揣摩内中的甘苦，宛如又踱进情场。有时把儿女的痴梦拿来细味，自己不知不觉也走梦里去了，孩提的想头和希望都占着做父亲者的心窝，虽然这些事他们从前曾经热烈地执着过，后来又颓然扔开了。人们下半生的心境又恢复到前半生那样了，有时从父愁里也产生出春愁和乡愁。

编者注：

梁遇春的散文总数不过50篇，但独具一格，在现代散文史上自有其不可替代的地位，堪称一家。好友冯至称他足以媲美中国唐代的李贺、英国的济慈、德国的诺瓦利斯。尽管梁遇春不是诗人，他的散文却洋溢着浓浓的诗情，成就虽不能与这几位诗人相比，然而短短六年的丰富著述证明了他的才情与勤奋。

梦幻中的孩子们（一段奇想）[1]

查尔斯·兰姆[2]

小孩子们爱听关于长辈的故事，想知道他们做小孩子的时候到底什么样；这样，可以驰骋想象，对于他们从未见过、只在大人们传说中听过的某位老爷爷、老奶奶进行一番遐想。正是出于这种心情，不久前的一天晚上，我的一双小儿女偎在我的身边，听我讲他们曾外祖母菲尔德的故事：她住在诺福克郡的一所大宅子里（那可比他们和爸爸住的房子要大上一百倍），那个宅子恰好又是（至少，在那一带乡间，大家都这么相信）他们最近念过的歌谣《林中小儿》里那段悲剧故事的发生地点。不管怎么说，那一双小兄妹，他们那狠心的叔叔，还有那红胸脯的知更雀，整个故事都原原本本雕刻在那大厅壁炉面的嵌板上，清清楚楚，一点不差。可是，以后来了一位煞风景的阔佬，把那块雕花嵌板拆下来，换上另一块时新样式的大理石壁炉面，

---

① 本文选自《伊利亚随笔集》。

② 查尔斯·兰姆（1775—1834），英国散文家。著有散文集《伊利亚随笔》、《伊利亚续笔》和大量书简。

这么一来，什么故事都没有了。

听到这里，艾丽思脸上做出一副像煞她亲爱的母亲那样的表情，那么温柔可爱，简直说不上是责怪了。然后，我接着说下去，他们的曾外祖母菲尔德信教多么虔诚，为人多么善良，如何受到人人敬爱，虽然她并不是那所大宅子的主人，只是受人之托代为看管，因为主人在邻郡买了一所更时新更讲究的宅院，也就在那里定居，而把老宅子交给了她（所以，在某种程度上，她也可以说是这所旧宅子的主人）；然而，她在那里居住时的神气，就像那宅子属于她自己似的，只要她活着，总要让它多多少少还保持着大门大户的气派；自然，那宅子后来还是破败了，眼看就要倒塌了，它那些古老的装饰部件统统都拆了下来，运到主人的新宅院里，重新安装起来，但是看起来很别扭，仿佛什么人把他们最近参观过的那些古墓葬从大寺中搬走，竖立在某位贵妇人的金碧辉煌的客厅里。听到这里，约翰笑了，好像说："真蠢！"我接着又说，曾外祖母死的时候，方圆多少里的人都来参加葬礼，穷人们全来了，也有些绅士，向她的亡灵致敬，因为她是一位善良、虔诚的人——她是那么虔诚，全部诗篇，嘿，还有大半部《新约》，她都能背得下来。

听到这里，小艾丽思吃惊得摊开了她的一双小手。然后，我告诉他们：曾外祖母个子高高、身材挺直、风度娴雅，在她年轻的时候，大家说她跳舞跳得最好——听到这里，艾丽思那小小的右脚不由自主地做了一个轻快的动作，我把面孔一板，她才停止——我刚才正说，在全郡里，数她跳舞跳得最好；可是，一种叫作癌症的残酷疾病袭来，使她痛苦得弯下了腰；

可是它并不能把她那愉快的心情也压下去，不能使她屈服，她在精神上仍然屹然挺立，因为她是一个善良而虔诚的人。然后，我又说：她总是独自一人睡在那所寂静的大房子里一个寂静的房间里；她说有人半夜里看见两个小孩子的幽灵沿着她房间旁边的那道长楼梯上上下下滑来滑去；但是，她说，“那两个天真的小东西”不会伤害她的；不过，那一阵，尽管晚上有女仆跟我睡在一起，我心里还是很害怕，因为我可不像曾外祖母那样善良而虔诚——然而，我也从来没有亲眼看见过那两个小孩子。

听到这里，约翰把他的眉头大大舒展开来，竭力做出一副勇敢的样子。然后，我说她待我们这些外孙子、外孙女们又是多么好，一到节日假日就叫我们到那个大宅子里去住，尤其我常常一个人在那里一连几个钟头盯着那十二个恺撒，也就是十二座古罗马皇帝的胸像出神，看来看去的，那些古代的大理石头像仿佛又活了，而我也仿佛跟他们一同变成了大理石雕像；我在那所很大的宅院里到处跑来跑去，从来不知道什么是疲倦；在那许多又大又空的房间里，有破破烂烂的帷帐，有随风飘动的墙幔，还有橡木雕花嵌板——上面的涂金却快要剥落光了；我常常在那座古旧的大花园里玩儿，那个花园简直让我一个人独占了，除非偶尔碰上一个孤零零的老园丁——那园子里，油桃和桃子就垂在墙头上，我碰也不去碰它，因为那是禁果，只有偶尔摘下一个两个，因为我更爱在那神气忧郁的老水松树或者枞树中间跑来跑去，从地面上捡起几颗红浆果，几只球果，那些球果是只中看、不中吃的——要不然，我就随意躺在嫩草地上，让自己完全沉醉在那满园芳香之中——要不然，我就在橘子园里晒太阳，晒得自己暖洋洋的，一边想象着自己也跟那些橘子、那些菩提树一同生长、成熟起来——再不然，我就到那花园深处的鱼池旁边，去看那些鲦鱼穿梭般地游来游去，说不定还会发现一条很大的梭子鱼，阴阴沉沉、冷冷清清地停在深水之中，一动也不动，好像对于那些小鱼们的轻狂样儿暗中表示鄙夷——我更喜爱像这样无事忙的消遣，而对于那些桃子呀、油桃呀、橘子呀，以及诸如此类吸引着小孩子的平平常常的水果香味，连闻也不去闻它。

听到这里，约翰悄悄地把一串葡萄又放回到碟子上，这串葡萄艾丽思刚才也看在眼里了，约翰正在盘算着怎么跟她一块儿分吃，可是此时此刻又不大恰当，所以两个人就决定还是把它放回原处为是。然后，我略略抬高声音说，虽然他们的曾外祖母菲尔德对外孙子外孙女们全都喜欢，但特别疼爱的还是他们的约翰伯伯，因为他是那么漂亮、那么活泼的一个小伙子，简直可以说是我们这一伙当中的国王；他从来不会闷头闷脑孤零零地呆在一个角落里，像我们当中有的人那样，而在他还是一个跟他们一般大的小鬼的时候，不管抓住一匹多么烈性的马，也敢纵身跳上马背，叫它驮着自己一个上午跑遍半个郡，去追上那些外出行围的猎人——当然，他也爱那所古老的宅子和那些花园，只是他的精力太饱满了，那高高的院墙是无论如何也把他关不住的——后来，他们的伯伯长大成人，一表人才，气度轩昂，人人看了人人夸，他们的曾外祖母菲尔德自然尤其爱他；我又说，我小时候脚跛，他常常把我背起来——因为他比我大几岁——背着我走好多英里，因为我脚疼，走不得路；我又说，后来他脚也跛了，而我呢，（我恐怕）碰上他痛苦、烦躁的时候，对他可不那么体谅，而过去自己脚跛、他对自己多么体贴的事情，也记不那么清楚了；可是，他一死，虽然不过刚刚死了个把钟头，就叫人觉得他好像已经死过很久很久了似地，因为生死之间的悬隔是太大了；他死了以后，我一开始觉得还能够忍受得住，可是后来这件事一回又一回地在我心头萦绕；尽管我没有像别人那样又是哭又是伤心（我想，要是我死了，他一定会哭的），我还是整天想他，到这时候我才知道我是多么爱他。我既想念他对我的友好，我也想念他对我发过脾气，我盼望他能再活过来，哪怕两个人吵架也好（因为我们过去吵过架），也不愿意再也见不着他，由于失去他而心神不安，就像他，他们可怜的伯伯，被大夫截肢以后的心情那样。

听到这里，孩子们哇地一声哭了，问我他们臂上那条小小的黑纱是不是为约翰伯伯而佩戴的；他们抬起头来，求我别再讲伯伯的事了，还是给他们讲讲他们去世的亲爱的妈妈吧。于是，我说，在整整七年当中，有时候满怀希望，有时候灰心丧气，然而我没有间断地追求着艾丽思·温特顿（按，兰姆在文章里为自己早期恋人所起的假名）；我用小孩子们所能听懂的话，这时，我扭头一看，过去那位艾丽思的眼神却突然从小艾丽思的眼睛中活灵活现地显露出来，我简直说不清究竟是哪一个艾丽思坐在我的面前，也说不清那满头亮闪闪的金发到底是她们之中哪一个人的；我兀自凝眸细看，眼前两个小孩子的模样却渐渐模糊起来，向后愈退愈远，最后，在那非常非常遥远之处只剩下两张悲伤的面容依稀可辨；他们默默无语，却好似向我说道："我们不是艾丽思的孩子，也不是你的孩子，我们压根儿就不是小孩子。艾丽思的孩子们管巴特姆叫爸爸。我们只是虚无，比虚无还要空虚，不过是梦幻。我们仅仅是某种可能性，要在忘川河畔渺渺茫茫等待千年万代，才能成为生命，具有自己的名字。"——于是，我恍然醒来，发现自己安安静静坐在单身汉的圈手椅里，刚才不过是睡梦一场，只有那忠实的勃莉吉特依然如故坐在我的身边——而约翰·兰——（又名詹姆斯·伊利亚）却永远地消逝了。

编者注：

小孩子，甚至大人，都爱听故事，而能把现实和虚构的人物结合起来，构成新的故事，更能抓住我们的心，因为这里有我们既熟悉又陌生的东西。兰姆就这样一步一步把我们引到了他的梦幻世界，当我们以成人的眼光看着他那一双小儿女听故事的可爱神态，带着年龄上的优势审视他们或微笑，或紧张，或狡黠，或痛苦的样子时，却忽然遭遇了最莫名其妙的情节："我恍然醒来，发现自己安安静静坐在单身汉的圈手椅里，刚才不过是睡梦一场。"

青春[①]

塞缪尔·厄尔曼[②]

青春不是年华，而是心境；青春不是桃面、丹唇、柔膝，而是深沉的意志、恢宏的想象、炽热的感情；青春是生命的深泉在涌流。

青春气贯长虹，勇锐盖过怯弱，进取压倒苟安。如此锐气，二十后生有之，六旬男子则更多见。年岁有加，并非垂老；理想丢弃，方堕暮年。岁月悠悠，衰微只及肌肤；热忱抛却，颓唐心至灵魂。忧烦、惶恐、丧失自信，定使心灵扭曲，意气如灰。

无论年届花甲，抑或二八芳龄，心中皆有生命之欢乐，奇迹之诱惑，孩童般天真久盛不衰。

人人心中皆有一台天线，只要你从天上人间接受美好、希望、欢乐、勇气和力量的信号，你无不青春永驻、风华长存。

---

① 本篇散文因麦克阿瑟将军的喜爱而出名。

② 塞缪尔•厄尔曼（1840—1924），美国作家，1840年生于德国，儿时随家人移居美利坚，参加过南北战争，之后定居伯明翰，经营五金杂货，年逾70开始写作。

一旦天线降下，锐气便被冰雪覆盖，玩世不恭、自暴自弃油然而生，即便年方二十，实已垂垂老矣；然则只要竖起天线，捕捉乐观信号，你就有望在八十高龄告别尘寰时仍觉年轻。

编者注：

塞缪尔·厄尔曼的《青春》是一首充满警世哲理的青春赞歌，据说美国麦克阿瑟将军生前曾把这篇文章视作座右铭——不但时常引用，还精心装裱后摆放在自己的办公桌上。一位资深的日本问题观察家说，在日本实业界，只要有成就者，没有哪一个不熟知不应用这篇美文的。

（摘自朱美华《一首充满警世哲理的青春赞歌——塞缪尔·厄尔曼〈青春〉赏析》，《阅读与鉴赏：教研》2009 年第 8 期）

人性光华

树阴下的默想[①]

何其芳[②]

我和我的朋友坐在树阴下。六月的黄金色的阳光照耀着。在我们眼前，在苍翠的山岩和一片有灰瓦屋顶的屋舍之间，流着浩浩荡荡东去的扬子江。我们居高临下。这地方从前叫西山，但自从有了一点人工的装饰，一个运动场，一些花木和假山石和铺道，便成了公园。而且在这凉风时至的岩边有了茶座。

我们就坐在茶座间。一棵枝叶四出的巨大的常绿树阴蔽着。这种有椭圆形叶子的乔木在我们家乡名黄桷树，常生长在岩边岭上，给行路人休憩时以清凉。当我留滞在沙漠似的北方我是多么想念它啊，我以不知道它在植物学上的名字深为遗憾，直到在一本地理书上读到描写我们家乡的文字，在土壤肥沃之后接上一句榕荫四垂，才猜想它一定是那生长在热带的榕树的变种。

① 本文选自《何其芳散文选集》，百花文艺出版社2007年版。

② 何其芳(1912—1977)，著名散文家、诗人、文艺评论家。原名何永芳，四川万县人。曾任中国科学院文学研究所（现中国社会科学院文学所）所长。其诗收入与卞之琳、李广田合著的《汉园集》。散文集《画梦录》以绚丽的文采表现象征的诗意，创造出独立的抒情散文体。

现在我就坐在它的树阴下。

而且身边是我常常想念的别了四五年的朋友。

我将怎样称呼我这位朋友呢？我曾在诗中说他常有温和的沉默。有人称他为一个高洁的人。高洁是一个寒冷的形容词，然而他，就对于我而言，是第一个影响到我的生活的朋友。他使我由褊急，孤傲和对于人类的不信任变得比较宽大，比较有同情。就他自己而言，他虽不怎样写诗却是一个诗人。当我和他同在一个北方古城中的会馆里度着许多寂寞的日子，我们是十分亲近；当我们分别后，各自在一边受着苦难，他和肺病斗争而我和孤独，和人间的寒冷，最后开始和不合理的社会斗争，我仍是常常想念他。他是一个非时间和生活上的疏远所能隔绝的朋友。

这次我回到乡下的家里去过完了十三天假日，又到县城里来冒着暑热，等着船。又等了三天的船。正当我十分厌烦的时候，他坐着帆船从他那闭塞的不通邮讯的乡下到县城里来了。

但我们只有着很短促的时间。今天夜里我就将睡在一条船上，明天清晨我就将离开我的家乡。我的旅程的终点是在辽远的山东半岛的一个小县里。我将完全独自地带着热情和勇敢到那陌生地方去，象一个被放逐的人。

我们说了很多的话，随后是片刻沉默。就在这片刻沉默里，许多记忆，许多感想在我心里浮了起来。

北方的冬天，已经飘飞过雪了。一种奇异的悒郁渴望。那每当我在一个环境里住得稍稍熟习后便欲有新的迁移的渴望，又不可抵御地折磨着我。我写信给我的同乡，说想搬到他们所住的那个会馆里去。回信来了："等几天再搬来吧，我们现在过着贫穷的日子。"那会馆里几乎全是一些到北方来上学的年轻人，常常因家里的钱寄到得太迟而受窘迫。但我还是搬去了，因为我已不可忍耐地厌倦了那有着熊熊的炉火的大学寄宿舍，和那辉煌的图书馆，和那些放散着死亡的芬芳的书籍。

搬到会馆后我的屋子里没有生炉火，冷得象冰窖。每天餐桌上是一大盆粗菜豆腐，一碗咸菜和一锅米饭。然而我感到一种新鲜的欢欣。

因为我们过着一种和谐的生活。而我那常有温和的沉默的朋友那时候更常有着温和的微笑。在积雪的日子，我往往独自跑出去享受寂寞，回来便坐着写诗。那是一些很幼稚的歌唱，但全靠那位朋友读后的意见和暗示我才自己明白。所以他又是第一个影响到我的写作的朋友。他使我的写作由浮夸，庸俗和浅薄可笑的感伤变成比较亲切，比较有希望。他自己是不常写作的。但有一次他从抽屉里拿出一册手抄本给我看，上面写满了用小诗形式记下来的诗的语言，象一些透明的露珠那样使我不能忘记。到现在我还能背诵出其中的一些：

寂寞的秋
猫儿绕着我的脚前脚后
吹去爬到我书上的虫儿
使它做一个跳岩的梦

迟晚的北方的春天终于来了，或者说已是初夏，因为在那古城里这两个季节是分不清的。每个院子里的槐树已张开了它的伞。他的窗前已牵满了爬山虎的绿叶。我常常坐在他的屋子里闲谈，或者谛视着在那窗纱上抽动着灰色的腿的壁虎。他呢，他望着屋檐下的去年的旧蜂窝想念他的昔日。我们都感到最好以工作来排遣寂寞了。于是我们自己印一种小刊物来督促我们写作。

这小刊物印行了三期便没有继续，因为我被折磨于一种生活上的纠纷。一种燃烧着自己的热情，再也不能安静地提起笔来写一点什么。

那郁热的多雨的夏季啊，我第一次背起了爱情的十字架。

我常以我那位朋友的屋子为我的烦忧的托庇所，因为在那里我可以找到平静、友谊和莫逆于心的谈话。有时我们一同缓步在那些曲折的多尘的小胡同里，或者在那开着马缨花的长街上。

一个晚上我们又走进了一个常去的荒凉的园子里。隔着暗暗的湖水，我们停下来遥望对岸的树林。我突然想起了家乡。而他也谈起他将来愿意回到乡下住着，常常坐在屋侧的池塘边的树荫下钓鱼，并且希望那时乡下的交通比较方便，邮差从池塘边走过，时常把远方的信亲交在他手里。

不久他就离开了那个古城，回到混乱的文化落后的家乡去寻找职业。没有发现适宜的工作却发现了肺病，他吐血了。这个悲哀的消息给我带来惊讶，忧虑，我想起了他瘦弱的身体，困难的家庭状况和家乡的那种折磨人的社会环境。

全靠他自己，他和那可怕的疾病斗争了四五年还是坚强地活着。在这中间他还断续地以劳力去换取一种极简单的生活。

在一封信里他写着："我宁愿挑葱卖蒜，不和那些人往来。”那些人是什么人呢？不待推测，我就想到那是充满各地的闭着眼向社会的上层爬的人们。后来他又寄一些新的小诗给我，当我读到其中的这样一首：

我愿是一个拣水雀儿
在秋天的田坎上
啄雨后的露珠

我起了许多感触。我联想到一位古代的愤世者的话：“世间无一可食，亦无一可言。”

现在我们见面了。他更加瘦弱而我则带着风尘之色。让我们为着想起了那些已经消逝的岁月再沉默一会儿吧，那些寂寞的使人老的岁月。

我已经不再是一个很年轻的人了，却又怀抱着一种很年轻的感觉：仍然不关心我的归宿将在何处，仍然不依恋我的乡土。未必有什么新大陆在遥遥地期待我，但我却甘愿冒着风涛，带着渴望，独自在无涯的海上航行。

是什么在驱策着我？是什么使我在稍稍安定的生活里便感到十分悒郁？

对于明天我又将离开的乡土，这有着我的家，我的朋友和我的童年的乡土，我真是冷淡得如一个路人吗，我责问着自己。我不自禁地想起一片可哀的景象：干旱的土地，焦枯得象被火烧过的稻禾；默默地弯着腰，流着汗，在田野里劳作的农夫农妇。

这在地理书上被称为肥沃的山之国，很久很久以来便已为饥饿、贫穷、暴力和死亡所统治了。无声地统治，无声地倾向灭亡。

或许这就是驱使我甘愿在外面流离的原因吧。

是啊，在树阴下，在望着那浩浩荡荡的东去的扬子江的时候，我幻想它是渴望地愤怒地奔向自由的国土，又幻想它在呜咽。

编者注：

树阴下的默想，忆的是岁月，怀想的是寂寞的使人老的日子，感叹的现实使人伤感得黯然。但写的人、记的事，娓娓动听，亲切真实。文中实写的是两种知识分子在那个“折磨人的”、让人郁闷窒息的社会中的挣扎或沉陷的命运。他们虽个性迥异，但有着奇异的友谊，是一对“非时间和生活上的疏远所能隔绝的朋友”。那位年轻的朋友，虽然自己也常在“困窘”中，但是温和沉默中更常有着“温和的微笑”，给在寂寞中“我”那些幼稚的可笑的诗给出意见与暗示，是“第一个影响到我的写作的朋友。他使我的写作由浮夸，庸俗和浅薄可笑的感伤变成比较亲切，比较有希望”。沉静中的友谊，温暖的友谊。这是文中记述的最美好的一节时光。

母亲的记忆[①]

孙犁[②]

母亲生了七个孩子，只养活了我一个。一年，农村闹瘟疫，一个月里，她死了三个孩子。爷爷对母亲说：

“心里想不开，人就会疯了。你出去和人们斗斗纸牌吧！”

后来，母亲就养成了春冬两闲和妇女们斗牌的习惯；并且常对家里人说：“这是你爷爷吩咐下来的，你们不要管我。”

麦秋两季，母亲为地里的庄稼，像疯了似的劳动。她每天一听见鸡叫就到地里去，帮着收割、打场。每天很晚才回到家里来。她的身上都是土，头发上是柴草。蓝布衣裤汗湿得泛起一层白碱，她总是撩起褂子的大襟，抹去脸上的汗水。

她的口号是：“争秋夺麦！”“养兵千日，用兵一时！”一家人谁也别想偷懒。

---

① 本文选自《中学生阅读（初中版）》2001年21期。

② 孙犁（1913—2002），原名孙树勋，河北安平人，现代作家，散文大家。中国作家协会名誉副主席、顾问，天津市作家协会名誉主席、主席等职。早期作品文风清新隽永，弥漫诗意，《荷花淀》、《芦花荡》是此风格的代表作。晚期作品思想深邃，风格深沉、苍劲。

我生下来，就没有奶吃。母亲把馍馍晾干了，再粉碎煮成糊喂我。我多病，每逢病了，夜间，母亲总是放一碗清水在窗台上，祷告过往的神灵。母亲对人说："我这个孩子，是不会孝顺的，因为他是我烧香还愿，从庙里求来的。"

家境小康以后，母亲对于村中的孤苦饥寒，尽力周济，对于过往的人，凡有求于她，无不热心相帮。有两个远村的尼姑，每年麦秋收成后，总到我们家化缘。母亲除给她们很多粮食外，还常留她们食宿。我记得有一个年轻的尼姑，长得眉清目秀。冬天住在我家，她怀揣一个蝈蝈葫芦，夜里叫得很好听，我很想要。第二天清早，母亲告诉她，小尼姑就把蝈蝈送给我了。

抗日战争时，村庄附近，敌人安上了炮楼。一年春天，我从远处回来，不敢到家里去，绕到村边的场院小屋里。母亲听说了，高兴得不知给孩子什么好。家里有一棵月季，父亲养了一春天，刚开了一朵大花，她折下就给我送去了。父亲很心痛，母亲笑着说："我说为什么这朵花，早也不开，晚也不开，今天忽然开了呢，因为我的儿子回来，它要先给我报个信儿！"

一九五六年，我在天津，得了大病，要到外地去疗养。那时母亲已经八十多岁，当我走出屋来，她站在廊子里，对我说："别人病了往家里走，你怎么病了往外走呢！"

这是我同母亲的永诀。我在外养病期间，母亲去世了，享年八十四岁。

编者注：

《母亲的记忆》选取了与母亲有关的六个生活片断：斗牌、收割、祷告、助人、送花和永诀。这些片断与“我”或有关或无关，却都突出母亲的性格：勤劳、善良、疼爱儿子。选取的尽管都是生活琐事和凡人俗语，却让人回味无穷。孙犁散文的“苍劲”则表现在对“母亲”为代表的劳动妇女的赞美。母亲在劳动中表现出的坚强、耐劳，祷告与助人中表现出的善良，送花中表现出的喜悦，永诀中透出的爱怜、不忍，这些美好的品格集于“母亲”一身，却不显做作，还能让人感到沉沉母爱的流淌。作者在文章字里行间流露出的爱不仅仅是对自己母亲的，更是对天下劳动妇女发自内心的赞美。这篇散文通过几个片断表现了人物的性格，刻画了“母亲”感人的形象，是孙犁发挥写小说时细致刻画人物性格的特长的典范之作，是将小说的“真”与散文的“情”在一篇短文里融合的结果。

弟弟[①]

张爱玲[②]

我弟弟生得很美而我一点也不。从小我们家里谁都惋惜着，因为那样的小嘴、大眼睛与长睫毛，生在男孩子的脸上，简直是白糟蹋了。长辈就爱问他：“你把眼睫毛借给我好不好？明天就还你。”然而他总是一口回绝了。有一次，大家说起某人的太太真漂亮，他问道：“有我好看么？”大家常常取笑他的虚荣心。

他妒忌我画的图，趁没人的时候拿来撕了或是涂上两道黑杠子。我能够想象他心理上感受的压迫。我比他大一岁，比他会说话，比他身体好，我能吃的他不能吃，我能做的他不能做。

一同玩的时候，总是我出主意。我们是“金家庄”上能征惯战的两员骁将，我叫月红，他叫杏红，我使一口宝剑，他使两只铜锤，还有许许多多虚拟的伙伴。开幕的时候永远是

① 本文选自《童言无忌》，上海书店出版社1994年版。

② 张爱玲（1920—1995），中国现代作家，原籍河北省唐山市，原名张瑛。家世显赫，祖父张佩纶是清末名臣，祖母李菊耦是朝廷重臣李鸿章的长女。一生创作大量文学作品，类型包括小说、散文、电影剧本以及学术论著等。

黄昏，金大妈在公众的厨房里咚咚切菜，大家饱餐战饭，趁着月色翻过山头去攻打蛮人。路上偶尔杀两头老虎，劫得老虎蛋，那是巴斗大的锦毛毬，剖开来像白煮鸡蛋，可是蛋黄是圆的。我弟弟常常不听我的调派，因而争吵起来。他是"既不能令，又不受令"的，然而他实是秀美可爱，有时候我也让他编个故事：一个旅行的人为老虎追赶着，赶着，赶着，泼风似的跑，后头呜呜赶着……没等他说完，我已经笑倒了，在他腮上吻一下，把他当个小玩意。

有了后母之后，我住读的时候多，难得回家，也不知道我弟弟过的是何等样的生活。有一次放假，看见他，吃了一惊。他变得高而瘦，穿一件不甚干净的蓝布罩衫，租了许多连环图画来看，我自己那时候正在读穆时英的《南北极》与巴金的《灭亡》，认为他的口胃大有纠正的必要，然而他只晃一晃就不见了。大家纷纷告诉我他的劣迹，逃学，忤逆，没志气。我比谁都气愤，附和着众人，如此激烈地诋毁他，他们反而倒过来劝我了。

后来，在饭桌上，为了一点小事，我父亲打了他一个嘴巴子。我大大地一震，把饭碗挡住了脸，眼泪往下直淌。我后母笑了起来道："咦，你哭什么？又不是说你！你瞧，他没哭，你倒哭了！"我丢下了碗冲到隔壁的浴室里去，闩上了门，无声地抽噎着，我立在镜子前面，看我自己的掣动的脸，看着眼泪滔滔流下来，像电影里的特写。我咬着牙说："我要报仇。有一天我要报仇。"

浴室的玻璃窗临着阳台，啪的一声，一只皮球蹦到玻璃上，又弹回去了。我弟弟在阳台上踢球。他已经忘了那回事了。这一类的事，他是惯了的。我没有再哭，只感到一阵寒冷的悲哀。

编者注：

《弟弟》是张爱玲“童言无忌”散文组里的最后一篇，在书的目录里一般是看不到的。这篇文章就是通过对往事的追忆，以弟弟为线索，以时间为顺序，生动地描写了她变化的弟弟。

文章的结构并不复杂，而表达的感情是很复杂的。这篇文章还牵连着张爱玲的生活背景，所以理解这复杂的感情还得了解些张爱玲的人生。那复杂的感情中最主要的是对弟弟的爱，还包含很多对家庭的不满。

统观全文，作者还将生活环境作对比：将童年游戏中那种欢快和自由与后来环境的冷酷、人物的冷漠对比。弟弟的前后变化也是重要的对比。有了对比，一切似乎都在变化，只有一点不变：姐姐对弟弟的爱不变。只是前半部分表现为直接的疼爱与宽容，后半部分则表现为气愤、忧虑，还有悲哀。这种多重对比很容易用得生硬死板，但张爱玲用得如水一般，很顺畅，无刻意之感。多重对比要求作者具有较高的艺术水平。

万物之母[①]

许地山[②]

这里住着一个不满三十岁的寡妇，一见人来，便要求说："善心善行的人，求你对那位总爷说，把我的儿子给回。那穿虎纹衣服、戴虎儿帽的便是我的儿子。"

她的儿子被乱兵杀死已经多年了。她从不会忘记：总爷把无情的剑拔出来的时候，那穿虎纹衣服的可怜儿还用双手招着，要她搂抱。她要跑去接的时候，她的精神已和黄昏的霞光一同麻痹而熟睡了。唉，最惨的事岂不是人把寡妇怀里的独生子夺过去，而且在她面前害死吗？要她在醒后把这事完全藏在她记忆的多宝箱里，可以说，比剖芥子来藏须弥还难。

她的屋里排列了许多零碎的东西，当时她儿子玩过的小囝也在其中。在黄昏时候，她每把各样东西抱在怀里说："我

---

① 本文选自《许地山散文选》，内蒙古出版社2006年版。

② 许地山（1894—1941），名赞堃，字地山，笔名落花生、落华生。籍贯广东揭阳。20世纪上半叶中国作家、学者。曾任香港大学文学院主任教授，在港期间曾兼任香港中英文化协会主席。一生著作颇多，有《空山灵雨》、《缀网劳蛛》等。

的儿，母亲岂有不救你，不保护你的？你现在在我怀里咧。不要作声，看一会人来又把你夺去。”可是一过了黄昏，她就立刻醒悟过来，知道那所抱的不是她的儿子。

那天，她又出来找她的“命”。月的光明蒙着她，使她在不知不觉间进入村后的山里。那座山，就是白天也少有人敢进去，何况在盛夏的夜间，杂草把樵人的小径封得那么严！她一点也不害怕，攀着小树，缘着茑重，慢慢地上去。

她坐在一块大石上歇息，无意中给她听见了一两声的儿啼。她不及判别，便说：“我的儿，你藏在这里么？我来了，不要哭啦。”

她从大石上下来，随着声音的来处，爬入石下一个洞里。但是里面一点东西也没有。她很疲乏，不能再爬出来，就在洞里睡了一夜。

第二天早晨，她醒时，心神还是非常恍惚。她坐在石上，耳边还留着昨晚上的儿啼声，这当然更要动她的心，所以那方从霭云被里攒出来的朝阳无力把她脸上和鼻端的珠露晒干了。她在瞻顾中，才看出对面山岩上坐着一个穿着虎纹衣服的孩子。可是她看错了！那边坐着的，是一只虎子；它的声音从那边送来很象儿啼。她立即离开所坐的地方，不管当中所隔的谷有多么深，尽管攀援着，向那边去。不幸早露未干，所依附的都很湿滑，一失手，就把她溜到谷底。

她昏了许久才醒回来。小伤总免不了，却还能够走动。她爬着，看见身边暴露了一付小髑髅。

“我的儿，你方才不是还在山上哭着么？怎么你母亲来得迟一点，你就变成这样？”她把髑髅抱住，说，“呀，我的苦命儿，我怎能把你医治呢？”悲苦尽管悲苦，然而，自她丢了孩子以后，不能不算这是她第一次的安慰。

从早晨直到黄昏，她就坐在那里，不但不觉得饿，连水也没喝过。零星几点，已悬在天空，那天就在她的安慰中过去了。

她忽然想起幼年时代，人家告诉她的神话，就立起来说：“我的儿，我抱你上山顶，先为你摘两颗星星下来，嵌入你的眼眶，教你看得见；然后给你找香象的皮肉来补你的身体。可是你不要再哭，恐怕给人听见，又把你夺过去。”

“敬姑，敬姑。”找她的人们在满山中这样叫了好几声，也没有一点回响。

“也许她被那只老虎吃了。”

“不，不对。前晚那只老虎是跑下来捕云哥圈里的牛犊被打死的。如果那东西把敬姑吃了，决不再下山来赴死。我们再进深一点找吧。”

唉，他们的工夫白费了！纵然找着她，若是她还没有把星星抓在手里，她心里怎能平安，怎肯随着他们回来？

编者注：

作者用生动的笔触，形象地描绘了一位受伤的母亲的失儿之痛。战乱夺去了母亲的儿子，作为母亲控诉战争对人民犯下的罪行。许地山笔下的母亲不屈不挠地寻找着自己的儿子，她的精神显然受到了沉重的打击，她已经神经错乱，但是寻找儿子的决心不变。她要从天上摘下“两颗星星”，再找到“香象的皮肉”来复活她的儿子。可怜天下父母心，谁看了不会动容呢？

父亲[①]

托马斯·曼[②]

中亚细亚的夏夜到处尘土飞扬；水渠旁的小道上，自行车车轮不断发出枯燥的沙沙声，渠岸上长满了榆树，在盛夏的骄阳酷晒之后，树梢正沐浴在恬静的晚霞中。

我坐在硬梆梆的车架上，紧紧地抓住车把，父亲还让我任意地按车铃儿，它上面有一个半圆形的镀镍铃盖和一个绷得紧紧的舌簧，一按下去，它还弹你的手指哩。自行车飞快地向前驶去，铃儿叮当直响，这使我觉得自己像大人一样，显得特别威风，尤其是我的父亲在背后踩着脚镫子，皮座垫咯吱吱直响，我感到了他身上的热气和膝盖的动作，——它们还常常碰着我那双穿着凉鞋的脚。

我们上哪儿去？是上附近的一家茶馆，这家茶馆就在康沃依街和萨马尔康德街的转角处，在渠岸上的一排桑树下。傍

① 本文选自《诺贝尔文学奖金库》第5卷，中国社会出版社1998年版。

② 托马斯·曼（1875—1955），德国作家，代表作品有《布登勃洛克家族》、《魔山》等。1929年获诺贝尔文学奖。

晚，水渠泛着淡红色的闪光，在泥抹的茅屋之间，凉爽、轻柔地哗哗流过。我们坐在茶馆里的一张小桌旁，桌上铺着粘乎乎的漆布，发出一股甜味儿。父亲要了一瓶啤酒，和快乐的茶馆老板说说笑笑，这个人满脸胡子，很殷勤，爱大声说话，脸晒得又粗又黑。他用抹布擦擦酒瓶，在我们面前摆上两个杯子（尽管我不喜欢喝啤酒），他还像对待大人似的对我使着眼色，末了，给我们端来一碟蘸盐油炸扁桃仁……我还记得那嚼起来又脆又香的酥桃仁的味道、那茶馆后面淡黄色的清澈的天空、晚霞笼罩着的高塔寺、尖尖的白杨树环抱着的平屋顶……

父亲是那样年轻、健壮，他穿着一件白衬衣，微笑着，瞧着我，在各方面我们都像是两个平等的男人，干完了一天的活，在这里领略着四周的静谧、傍晚时分清凉的水渠、城市里燃起的万家灯火、冰凉的啤酒和芳香扑鼻的扁桃树带来的欢乐……

还有一个黄昏非常清晰地留在我的记忆中。

他坐在一间小房里，背朝窗户，院子里一片暮色，寂静无声；纱窗帘微微飘动着；他身穿一件保护色上衣，我觉得很不习惯，他的眉毛上面还贴着一块黑膏药，显得很古怪。我现在记不起来了，为什么父亲好像一个久别归来的人那样坐在窗旁，为什么人世间有这样僻静的地方，我觉得，他似乎刚从战场上回来，受了伤，正和母亲在谈论着什么事（他们俩几乎是用旁人听不见的耳语在交谈）——于是，一种别离感和朦胧、甜蜜的危险感，沉寂的院子外面那一片广阔无垠的空间，不久以前父亲的英姿（过去，在某个地方他也曾表现得这样英武），这一切都使我对父亲产生一种特别的柔情和亲切感。当我一想到全家在这间酷似以前那铺着白床单的小卧室的房间里再次团聚时，我就感受到家庭的舒适和温暖，因而十分惊喜。

他和母亲谈了些什么——我不得而知。我只知道，当时有关战争的事，我连想都没想到过，可是，那寂静的庭院、夏日的黄昏、父亲贴在太阳穴上的膏药和他身上的军服、母亲沉思的面容，——这一切都在我童稚的心中留下深刻的印象，时至今日我还相信：是的，就在那个傍晚，父亲从战场上回来，受了伤，显得幸福而忧郁。不过，另一件事更令人惊异：多少年过去了，在胜利归来的某个时刻（在 1945 年），我也像父亲一样，坐在我父母亲的卧室里，靠在窗旁，正如童年时代一样，我又敏锐地体验到重逢时的那种感受，仿佛是往事的重演。也许，昔日的感觉正预兆着我会成为一个士兵，我走了父亲命中注定要走的道路，也就是说，我完成了他没能做完的事？在孩提时代，我们都虚荣心十足地夸大自己父辈的本事，想象着他们是盖世无双的勇士，可是，当时他们只不过是个普通的凡人，也必须为日常生活而操心。

至今我还记得那一天，我看见父亲和我过去所见到的完全不同（我那时 12 岁）——而这种感觉一直停留在我的心里，真是极大的罪过。

那是春天，白天很长，阳光灿烂，我和中学同学在大门边推撞着玩（在五月天干燥的人行道上做游戏）。我浑身是汗，特别高兴，突然间，在离家不远的地方，看见一个熟悉的、个头不高的身影。胡同里洒满了阳光，在暖和的栅栏外面，白杨树泛出一片嫩绿，春意盎然，而特别显眼的是：他看起来是那样矮小，短上衣是那样难看，裤子又窄又小，怪里怪气地吊在他的脚踝子上面，一双老式的破靴子显得特别大，戴有别针的新领带像是穷人身上多余的装饰品。这难道是我的父亲吗？本来，他的脸总显得那么善良，充满信心和力量，英姿勃勃，而不是这样冷漠疲惫，早先他的脸上从来就没有皱纹，也不显得苍老，更不是像现在这样无精打采、萎靡不振。

这一切都被春天的阳光暴露得如此明显——父亲身上的一切突然显得如此灰暗、平庸和可怜，这使得他和我在我的同学面前感到十分屈辱，他们勉强忍住嘲笑，无礼地、默默地看着这双又大又破、显得很滑稽的靴子和那条特别刺眼的细管儿似的裤子。他们眼看就要取笑他，嘲弄他那怪模怪样的步态、他那微微弯曲的瘦腿，我满脸通红，又羞又恼，几乎要哭出来，马上就要大吼一声去保护他，去为他那副令人不快的滑稽相辩解，去同他们进行激烈的殴斗，用拳头去取得神圣的尊严。

可是，我不知怎么了，为什么我没有去和自己的同学搏斗——是害怕失去他们的友谊呢，还是不愿自己在这种维护尊严的殴斗中显得十分可笑？

那时，我并没有想到自己也将会有这样的时刻，即在某一个我所没有想到的春日，我也会显得如此可怜又可笑，我也会是一个怪模怪样的父亲，而我的孩子们也会羞于去保护我。

编者注：

我们读过的写父亲的文章，有一篇是朱自清的《背影》。作者以为自己送行那天父亲蹒跚的背影为中心点，辐射开去，表达了作者对父爱的理解。本文中也写了一个父亲，却用了类似电影蒙太奇的剪辑手法，将孩子眼中年轻健壮的父亲，给“我”带来欣喜、骄傲、柔情、亲切感的父亲，和春天的阳光下突然出现的灰暗、平庸、可怜、滑稽的父亲形象，连在了一起。因为父亲，幼年的“我”幸福、快乐，少年的“我”沮丧、愤怒，都是那样真实和刻骨铭心。你对一个人，也曾有过这样复杂的情怀吗？也曾有过这些细腻的感受吗？你能像作者这样，生动地描述出来、真切地表达出来吗？

骑一次大象

（美）巴伯斯·H·迪尔[①]

每个人都应该在年幼的时候实现一个梦想。它给你一种信心去进入未经开辟的未来，使你相信生活中的各种可能性。当然，那应该是一个大大的梦想，一个很重要而你又认为不可能实现的梦想——如在学校的剧团扮演主角，或者独个儿吃掉一整块生日蛋糕，等等。我的梦想是骑一次大象。

那阵子正值萧条时期。小马戏团偶尔来一回我们的小镇，而且往往根本没有大象。附近也没有动物园。因此，看一看大象都极其难得——要想骑它，更谈不上了。

可是我偏偏喜欢大象。在我的眼里，大象是动物界中最大最可亲的家伙。自然界用隐秘的声音告诉我说，最好的东西不一定都是装在小纸包里的礼物——这是一种我需要信奉的启迪，因为我还那么幼小。骑大象的幻想对我预示着特殊的魔力，从那么高的地方扫视四周，世界一定分外美好，而我自己也一定分外漂亮。

① 本文选自《童年的玩与学：语文五年级下册同步阅读》，人民教育出版社2011年版。

九岁那年，正是我需要信奉一些东西，比如骑一次大象之类的时候。那时母亲刚刚去世，父亲在另外一个城市找到了工作，我和祖母住在一块儿。我喜欢祖母，她待我很好，但周围世界是那么的陌生。我常常凝视着起居室里壁炉台上那一排象牙雕的小象，脑瓜子里幻想着真正的大象，我知道，它们远离着我，我永远不能实现我的梦想。

大概是一个秋日的黄昏，我放学回家的路上看见了马戏团的海报。早先，当马戏团来到小镇的时候，父亲、母亲和我倒总是要去的。可是今年，我就说不准了。我无法想象年迈的祖母坐在那路边的破帆布帐篷里陪着我的场景。在午后的阳光里，我呆呆地站着，凝视着海报上红一块蓝一块的小丑的怪脸，超短裙女郎，扬起长鼻子的大象……突然间，我感到自己比从前任何时候都更加孤独。

星期六将有两场演出。那天下午，我坐在胡桃树下的秋千里读书，努力控制自己不去想大路那头的锯末和大象，不去想已经逝去的时光——那时，父亲、母亲和我已经一块儿去到那神奇的帐篷下了。

五点钟光景，父亲的车停在大门口。“哈罗，我的孩子，”我向他奔过去时他说，“我听说这儿来了一个马戏团，我盘算着或许能劝你去看看。”

他是放弃了一下午的工作，赶了一百多里路来我这儿的，但我当时不知道这些。

马戏团的帐篷扎在镇边的一块空地里，观众还未坐满一半。一阵紧似一阵的风把垂挂着的帆布门褡吹得飘起来，看台中央为数不多的观众拥挤在一处，人人的手都缩在口袋里。但我和父亲一点儿也不在乎。出场表演的有一群小丑，一个裸着背的骑师，一个把秋千荡得老高的勇士，还有小狗、骏马和一个耍着一串五彩小球的魔术师。那时候，在那个漆黑的夜晚、漆黑的小镇和漆黑的时辰，演员们努力叫我们折服于他们表演艺术的奇观——那变幻的、跳跃的、光彩夺目的场面和技艺精湛的节目，我们也确实被迷住了。开头我们趣味盎然，继后我们越来越高兴，最后我们热情高涨，沸腾起来。这时，他们把大象领进了演出场。

它是一头老象，岁月在它脊梁上刻下成堆的皱纹，留下许多既美丽又可怕的印痕。它慢慢地走，站住，举起鼻子，以它生活中习惯的方式，安然地接受我们的喝彩。

“我真想能够骑一下它，”我轻轻地说，“我希望能骑一次大象。”

“你说什么？”我父亲问。

“没什么，”我说，“它是那样又大又漂亮。”

这时，舞台监督宣布说：“这是莎西，它顶喜欢人。”他含义深长地停顿了一下，“我们知道，在观众里有一些人，一直在盼望能骑一次大象……”

我紧张得屏住了呼吸。

“想骑象的男孩，到前面来。”

有四个男孩离开看台，争先恐后地冲下去。驯象的人扯扯象耳朵，它跪下来；舞台监督帮助孩子们爬到它的背上。

我感觉到泪水已经在我眼眶里了，但是我咬紧牙关。当然啦，那只有男孩们的份儿，他们要干什么都办得到。他们笑着，紧紧抓牢了，骑在莎西背上绕场一周。我竭力忍受着内心的痛苦，看着他们。从来没有人能得到机会去做他最盼望的事，生活就是那么回事儿。

后来，舞台监督又说话了。我没有听。

“现在轮到你了。”父亲说。

“什么？”

“他在邀请想骑象的小姑娘。那是在叫你，不是吗？”

我看着父亲,又盯住了大象。我不能去,那是根本不可能的。

“去吧，”他催促我说，“趁现在还不晚。”

“我不行。”我说。站起来，走下看台，荣耀地骑到莎西背上这一切我都不行。我会静静坐着，错过抉择的时机。然后，机会丧失的最后时刻将来临，而我将永远知道，我曾经有一次可能骑上大象，但是我没有去骑。那就是我当时的情境。

可是父亲又说话了。“站起来，我的宝贝，舞台监督就会看见你的。”他温柔地推了我一下，使我站了起来。

“上前来，”舞台监督说，“我早知道，这儿至少会有一个小姑娘，想骑骑这只象。”

我从看台的座位间走下去，双脚似乎失去了知觉。我跨过了演出场边的矮栅栏。有三四个小姑娘跟随着我。我站在演出场的中央，闻到了锯末面的气味和莎西的气味。我害怕的不是大象，不是人们注视的眼光和就要骑到象背上去了，而是怕一种巨大的预感：我就要真正地实现我的梦想了。

我们爬到了莎西背上。它的皮是粗糙的，我光光的腿贴在上面感到有点刺痛。我紧紧握住面前的缰绳，另一个小姑娘紧紧地抱住我的腰。然后莎西站了起来，于是我终于在那儿了：坐在世界的象背之上。

就这样，从那以后，每当有什么看起来太难于做到的事情，我就记起那一个时刻——那强烈炫目的灯光，那钻进帐篷的冷风，还有那痛苦烦人的思想：我不行，而一切都将太迟了……然后我就会记起我父亲的声音，那轻轻的一推，和舞台监督说的话："我早知道，有一个小姑娘，她想骑骑象。"当我遇到的是婚姻或者失业的问题，是影响前途的机会选择等问题时，我心中总是有着一个小姑娘：她想骑一次大象——而且骑了——因此她知道她能够。

编者注：

一个九岁的女孩子心中有一个梦想：骑一次大象！这个愿望在小姑娘的心中有一种特殊的魔力，使她相信：从那么高的地方扫视四周，世界一定分外美好，自己也一定分外漂亮。机会终于来了，马戏团来到镇上，小女孩的父亲放弃了一下午的工作，赶了一百多里路，回到镇上陪她去看表演。表演非常精彩。更精彩的是舞台监督邀请男孩子骑完大象以后，竟然会邀请女孩子。然而，一直梦想骑大象的女孩现在却犹豫了，不敢面对自己的梦想，觉得自己不行。在父亲的鼓励下，这个女孩子终于坐在世界的象背之上，这一梦想的实现，使这个女孩子永远记住了这一时刻，也永远知道她能够面对一切。故事里最精彩的是"我"的心理活动的描写：细腻、感人、真实。一个女孩子充满幻想，渴望实现，遭遇困难或挫折时的自我调整，面对机遇时的犹豫，实现梦想时的狂喜以及成长过程中的思考，都被展现得淋漓尽致。父亲的细心、对女儿的了解以及鼓励，使充满爱心的父亲的形象也很丰满。

追忆如墨

怀念李叔同先生

丰子恺[①]

距今二十九年前，我十七岁的时候，最初在杭州的浙江省立第一师范学校里见到李叔同先生，即后来的弘一法师。

那时我是预科生，他是我们的音乐教师。我们上他的音乐课时，有一种特殊的感觉：严肃。摇过预备铃，我们走向音乐教室，推进门去，先吃一惊：李先生早已端坐在讲台上。以为先生总要迟到而嘴里随便唱着、喊着或笑着、骂着而推进门去的同学，吃惊更是不小。他们的唱声、喊声、笑声、骂声以门槛为界限而忽然消灭。接着是低着头，红着脸，去端坐在自己的位子里。端坐在自己的位子里偷偷地仰起头来看看，看见李先生的高高的瘦削的上半身穿着整洁的黑布马褂，露出在讲桌上，宽广得可以走马的前额，细长的凤眼，隆正的鼻梁，形成

① 丰子恺（1898—1975），中国现代漫画家、散文家、美术教育家、音乐教育家、翻译家，是一位多方面皆卓有成就的文艺大师。被国际友人誉为“现代中国最像艺术家的艺术家”。丰子恺是我国新文化运动的启蒙者之一，早在20世纪20年代他就出版了《艺术概论》、《西洋名画巡礼》等著作。他一生出版的著作达一百八十多部。本文作于四川五通桥客寓，1943年4月（弘一法师圆寂后167天后）。

威严的表情。扁平而阔的嘴唇两端常有深涡，显示和爱的表情。这副相貌，用“温而厉”三个字来描写，大概差不多了。讲桌上放着点名簿、讲义，以及他的教课笔记簿、粉笔。钢琴衣解开着，琴盖开着，谱表摆着，琴头上又放着一只时表，闪闪的金光直射到我们的眼中。黑板（是上下两块可以推动的）上早已清楚地写好本课内所应写的东西（两块都写好，上块盖着下块，用下块时把上块推开）。在这样布置的讲台上，李先生端坐着。坐到上课铃响出（后来我们知道他这脾气，上音乐课必早到。故上课铃响时，同学早已到齐），他站起身来，深深地一鞠躬，课就开始了。这样地上课，空气严肃得很。

有一个人上音乐课时不唱歌而看别的书，有一个人上音乐课时吐痰在地板上，以为李先生看不见的，其实他都知道。但他不立刻责备，等到下课后，他用很轻而严肃的声音郑重地说：“某某等一等出去。”于是这位某某同学只得站着。等到别的同学都出去了，他又用轻而严肃的声音向这某某同学和气地说：“下次上课时不要看别的书。”或者：“下次痰不要吐在地板上。”说过之后他微微一鞠躬，表示“你出去罢”。出来的人大都脸上发红。又有一次下音乐课，最后出去的人无心把门一拉，碰得太重，发出很大的声音。他走了数十步之后，李先生走出门来，满面和气地叫他转来。等他到了，李先生又叫他进教室来。进了教室，李先生用很轻而严肃的声音向他和气地说：“下次走出教室，轻轻地关门。”就对他一鞠躬，送他出门，自己轻轻地把门关了。最不易忘却的，是有一次上弹琴课的时候。我们是师范生，每人都要学弹琴，全校有五六十架风琴及两架钢琴。风琴每室两架，给学生练习用；钢琴一架放在唱歌教室里，一架放在弹琴教室里。上弹琴课时，十数人为一组，环立在琴旁，看李先生范奏。有一次正在范奏的时候，有一个同学放一个屁，没有声音，却是很臭。钢琴及李先生十数同学全部沉浸在亚莫尼亚气体中。同学大都掩鼻或发出讨厌的声音。李先生眉头一皱，管自弹琴（我想他一定屏息着）。弹到后来，亚莫尼亚气散光了，他的眉头方才舒展。教完以后，下课铃响了。李先生立起来一鞠躬，表示散课。散课以后，同学还未出门，李先生又郑重地宣告："大家等一等去，还有一句话。"大家又肃立了。李先生又用很轻而严肃的声音和气地说："以后放屁，到门外去，不要放在室内。"接着又一鞠躬，表示叫我们出去。同学都忍着笑，一出门来，大家快跑，跑到远处去大笑一顿。

李先生用这样的态度来教我们音乐，因此我们上音乐课时，觉得比上其他一切课更严肃。同时对于音乐教师李叔同先生，比对其他教师更敬仰。那时的学校，首重的是所谓"英、国、算"，即英文、国文和算学。在别的学校里，这三门功课的教师最有权威；而在我们这师范学校里，音乐教师最有权威，因为他是李叔同先生的原故。

李叔同先生为甚么能有这种权威呢？不仅为了他学问好，不仅为了他音乐好，主要的还是为了他态度认真。李先生一生的最大特点是"认真"。他对于一件事，不做则已，要做就非做得彻底不可。

他出身于富裕之家，他的父亲是天津有名的银行家。他是第五位姨太太所生。他父亲生他时，年已七十二岁。他坠地后就遭父丧，又逢家庭之变，青年时就陪了他的生母南迁上海。在上海南洋公学读书奉母时，他是一个翩翩公子。当时上海文坛有著名的沪学会，李先生应沪学会征文，名字屡列第一。从此他就为沪上名人所器重，而交游日广，终以“才子”驰名于当时的上海。所以后来他母亲死了，他赴日本留学的时候，作一首《金缕曲》，词曰："披发佯狂走。莽中原，暮鸦啼彻，几株衰柳。破碎河山谁收拾？零落西风依旧。便惹得离人消瘦。行矣临流重太息，说相思刻骨双红豆。愁黯黯，浓于酒。　　漾情不断淞波溜。恨年年絮飘萍泊，遮难回首。二十文章惊海内，毕竟空谈何有！听匣底苍龙狂吼。长夜西风眠不得，度群生那惜心肝剖。是祖国，忍孤负？”读这首词，可想见他当时豪气满胸，爱国热情炽盛。他出家时把过去的照片统统送我，我曾在照片中看见过当时在上海的他：丝绒碗帽，正中缀一方白玉，曲襟背心，花缎袍子，后面挂着胖辫子，底下缎带扎脚管，双梁厚底鞋子，头抬得很高，英俊之气，流露于眉目间。真是当时上海一等的翩翩公子。这是最初表示他的特性：凡事认真。他立意要做翩翩公子，就彻底地做一个翩翩公子。

后来他到日本，看见明治维新的文化，就渴慕西洋文明。他立刻放弃了翩翩公子的态度，改做一个留学生。他入东京美术学校，同时又入音乐学校。这些学校都是模仿西洋的，所教的都是西洋画和西洋音乐。李先生在南洋公学时英文学得很好；到了日本，就买了许多西洋文学书。他出家时曾送我一部残缺的原本《莎士比亚全集》。他对我说："这书我从前细读过，有许多笔记在上面，虽然不全，也是纪念物。"由此可想见他在日本时，对于西洋艺术全面进攻，绘画、音乐、文学、戏剧都研究。后来他在日本创办春柳剧社，纠集留学同志，并演当时西洋著名的悲剧《茶花女》(小仲马著)。他自己把腰束小，扮作茶花女，粉墨登场。这照片，他出家时也送给我，一向归我保藏；直到抗战时为兵火所毁。现在我还记得这照片：卷发，白的上衣，白的长裙拖着地面，腰身小到一把，两手举起托着后头，头向右歪侧，眉峰紧蹙，眼波斜睇，正是茶花女自伤命薄的神情。另外还有许多演剧的照片，不可胜记。这春柳剧社后来迁回中国，李先生就脱出，由另一班人去办，便是中国最初的"话剧"社。由此可以想见，李先生在日本时，是彻头彻尾的一个留学生。我见过他当时的照片：高帽子、硬领、硬袖、燕尾服、史的克、尖头皮鞋，加之长身、高鼻，没有脚的眼镜夹在鼻梁上，竟活象一个西洋人。这是第二次表示他的特性：凡事认真。学一样，象一样。要做留学生，就彻底地做一个留学生。

他回国后，在上海太平洋报社当编辑。不久，就被南京高等师范请去教图画、音乐。后来又应杭州师范之聘，同时兼任两个学校的课，每月中半个月住南京，半个月住杭州。两校都请助教,他不在时由助教代课。我就是杭州师范的学生。这时候，李先生已由留学生变为"教师"。这一变，变得真彻底：漂亮的洋装不穿了，却换上灰色粗布袍子、黑布马褂、布底鞋子。金丝边眼镜也换了黑的钢丝边眼镜。他是一个修养很深的美术家，所以对于仪表很讲究。虽然布衣，却很称身，常常整洁。他穿布衣，全无穷相，而另具一种朴素的美。你可想见，他是扮过茶花女的，身材生得非常窈窕。穿了布衣，仍是一个美男子。“淡妆浓沫总相宜”，这诗句原是描写西子的，但拿来形容我们的李先生的仪表，也很适用。今人侈谈“生活艺术化”，大都好奇立异，非艺术的。李先生的服装，才真可称为生活的艺术化。他一时代的服装，表出着一时代的思想与生活。各时代的思想与生活判然不同，各时代的服装也判然不同。布衣布鞋的李先生，与洋装时代的李先生、曲襟背心时代的李先生，判若三人。这是第三次表示他的特性：认真。

我二年级时，图画归李先生教。他教我们木炭石膏模型写生。同学一向描惯临画，起初无从着手。四十余人中，竟没有一个人描得象样的。后来他范画给我们看。画毕把范画揭在黑板上。同学们大都看着黑板临摹。只有我和少数同学，依他的方法从石膏模型写生。我对于写生，从这时候开始发生兴味。我到此时，恍然大悟：那些粉本原是别人看了实物而写生出来的。我们也应该直接从实物写生入手，何必临摹他人，依样画葫芦呢？于是我的画进步起来。此后李先生与我接近的机会更多。因为我常去请他教画，又教日本文，以后的李先生的生活，我所知道的较为详细。他本来常读性理的书，后来忽然信了道教，案头常常放着道藏。那时我还是一个毛头青年，谈不到宗教。李先生除绘事外，并不对我谈道。但我发现他的生活日渐收敛起来，仿佛一个人就要动身赴远方时的模样。他常把自己不用的东西送给我。他的朋友日本画家大野隆德、河合新藏、三宅克己等到西湖来写生时，他带了我去请他们吃一次饭，以后就把这些日本人交给我，叫我引导他们（我当时已能讲普通应酬的日本话）。他自己就关起房门来研究道学。有一天，他决定入大慈山去断食，我有课事，不能陪去，由校工闻玉陪去。数日之后，我去望他。见他躺在床上，面容消瘦，但精神很好，对我讲话，同平时差不多。他断食共十七日，由闻玉扶起来，摄一个影，影片上端由闻玉题字："李息翁先生断食后之像，侍子闻玉题。"这照片后来制成明信片分送朋友。像的下面用铅字排印着："某年月日，入大慈山断食十七日，身心灵化，欢乐康强——欣欣道人记。"李先生这时候已由"教师"一变而为"道人"了。

学道就断食十七日，也是他凡事"认真"的表示。

但他学道的时候很短。断食以后，不久他就学佛。他自己对我说，他的学佛是受马一浮先生指示的。出家前数日，他同我到西湖玉泉去看一位程中和先生。这程先生原来是当军人的，现在退伍，住在玉泉，正想出家为僧。李先生同他谈得很久。此后不久，我陪大野隆德到玉泉去投宿，看见一个和尚坐着，正是这位程先生。我想称他"程先生"，觉得不合。想称他法师，又不知道他的法名（后来知道是弘伞）。一时周章得很。我回去对李先生讲了，李先生告诉我，他不久也要出家为僧，就做弘伞的师弟。我愕然不知所对。过了几天，他果然辞职，要去出家。出家的前晚，他叫我和同学叶天瑞、李增庸三人到他的房间里，把房间里所有的东西送给我们三人。第二天，我们三人送他到虎跑。我们回来分得了他的"遗产"，再去望他时，他已光着头皮，穿着僧衣，俨然一位清癯的法师了。我从此改口,称他为“法师”。法师的僧腊二十四年。这二十四年中，我颠沛流离，他一贯到底，而且修行功夫愈进愈深。当初修净土宗，后来又修律宗。律宗是讲究戒律的，一举一动，都有规律，严肃认真之极。这是佛门中最难修的一宗。数百年来，传统断绝，直到弘一法师方才复兴，所以佛门中称他为“重兴南山律宗第十一代祖师”。他的生活非常认真。举一例说：有一次我寄一卷宣纸去，请弘一法师写佛号。宣纸多了些，他就来信问我，余多的宣纸如何处置？又有一次，我寄回件邮票去，多了几分。他把多的几分寄还我。以后我寄纸或邮票，就预先声明：余多的送与法师。有一次他到我家。我请他藤椅子里坐。他把藤椅子轻轻摇动，然后慢慢地坐下去。起先我不敢问。后来看他每次都如此，我就启问。法师回答我说：“这椅子里头，两根藤之间，也许有小虫伏着。突然坐下去，要把它们压死，所以先摇动一下，慢慢地坐下去，好让它们走避。”读者听到这话，也许要笑。但这正是做人极度认真的表示。

如上所述，弘一法师由翩翩公子一变而为留学生，又变而为教师，三变而为道人，四变而为和尚。每做一种人，都做得十分象样。好比全能的优伶：起青衣象个青衣，起老生象个老生，起大面又象个大面……都是“认真”的缘故。

现在弘一法师在福建泉州圆寂了。噩耗传到贵州遵义的时候，我正在束装，将迁居重庆。我发愿到重庆后替法师画像一百帧，分送各地信善，刻石供养。现在画像已经如愿了。

我和李先生在世间的师弟尘缘已经结束，然而他的遗训——认真——永远铭刻在我心头。

编者注：

丰子恺先生的散文《怀念李叔同先生》，回忆了李叔同先生在浙江省立第一师范学校任教时认真、执着、谦和的工作作风。据丰子恺先生的回忆，那是1914年，当时李叔同先生在那里任音乐教师，他的为师之道给丰子恺留下了深刻印象，堪为师表，堪为典范。散文的写作思路及其选材更是扣住李叔同先生的一两个特点，从不同的方面表现人物灵魂，体现主旨。李叔同先生为什么能有这种权威呢？不仅为了他学问好，不仅为了他音乐好，主要的还是为了他态度认真。即便与先生在世间的师弟尘缘已经结束，然而他的遗训——认真——永远铭刻在心头。

再忆萧珊[1]

巴金[2]

昨夜梦见萧珊[3]，她拉住我的手，说："你怎么成了这个样子？"我安慰她："我不要紧。"她哭起来。我心里难过，就醒了。

病房里有淡淡的灯光。每夜临睡前，陪伴我的儿子或者女婿总是把一盏开着的台灯放在我的床脚。夜并不静，附近通宵施工，似乎在搅拌混凝土。此外我还听见知了的叫声。在数九的冬天哪里来的蝉叫？原来是我的耳鸣。

这一夜是我儿子值班，他静静地睡在靠墙放的帆布床上。过了好一阵子他翻了一个身。

我醒着，我在追寻萧珊的哭声。耳朵倒叫得更响了。……

---

① 本文最初发表于1984年4月8日香港《大公报·大公园》。

② 巴金（1904—2005），四川成都人，作家、翻译家。著有长篇小说"激流三部曲"等，散文集《海行杂记》、《随想录》等，译作《往事与随想》、《处女地》等。

③ 萧珊（1917—1972），原名陈蕴珍，巴金之妻。新中国成立后，参加中国作家协会上海分会，任《上海文学》、《收获》编辑，兼事文学翻译。病逝于上海。

我终于轻轻地唤出了萧珊的名字："蕴珍。"我闭上眼睛。房间马上变换了。

在我们家中，楼下寝室里，她睡在我旁边另一张床上，小声嘱咐我："你有什么委屈，不要瞒住我，千万不能吞在肚里啊！……"

在中山医院的病房里，我站在床前，她含泪地望着我说："我不愿离开你。没有我，谁来照顾你啊？！"……

在中山医院的太平间，担架上一个带人形的白布包，我弯下身子接连拍着，无声地哭唤："蕴珍，我在这里，我在这里……"

我用铺盖蒙住脸。我真想大叫两声。我快要给憋死了。"我到哪里去找她？！"我连声追问自己。我又回到了华东医院的病房。耳边仍是早已习惯的耳鸣。

她离开我十二年了。十二年，多么长的日日夜夜！每次我回到家门口，眼前就出现一张笑脸，一个亲切的声音向我迎来，可是走进院子，却只见一些高高矮矮的、没有花的绿树。上了台阶，我环顾四周，她最后一次离家的情景还历历在目：她穿得整整齐齐，有些急躁，有点伤感，又似乎充满希望，走到门口还回头张望。……仿佛车子才开走不久，大门刚刚关上。不，她不是从这两扇绿色大铁门出去的，以前门铃也没有这样悦耳的声音。十二年前更不会有开门进来的挎书包的小姑娘。……为什么偏偏她的面影不能在这里再现？为什么不让她看见活泼可爱的小端端？

我仿佛还站在台阶上等待着车子的驶近，等待着一个人回来。这样长的等待！十二年了！甚至在梦里我也听不见她那清脆的笑声。我记得的只是孩子们捧着她的骨灰盒回家的情景。这骨灰盒起初给放在楼下我的寝室内，床前五斗橱上。后来“文革”收场，给封闭了十年的楼上她的睡房启封，我又同骨灰盒一起搬上二楼，她仍然伴着我度过无数的长夜。我摆脱不了那些做不完的梦。总是那一双泪汪汪的眼睛！总是那一副前额皱成“川”字的愁颜！总是那无限关心的叮咛劝告！好像我有满腹的委屈瞒住她，好像我摔倒在泥淖中不能自拔，好像我又给打翻在地让人踏上一脚。……每夜每夜，我都听见床前骨灰盒里她的小声呼唤，她的低声哭泣。

怎么我今天还做这样的梦？！怎么我现在还甩不掉那种种精神的枷锁？！……悲伤没有用。我必须结束那一切梦景。我应当振作起来，哪怕是最后的一次。骨灰盒还放在我的家中，亲爱的面容还印在我的心上，她不会离开我，也从未离开我。做了十年的“牛鬼”，我并不感到孤单。我还有勇气迈步走向我的最终目标——死亡。我的遗物将献给国家。我的骨灰将同她的骨灰搅拌在一起，洒在园中给花树作肥料。

闹钟响了。听见铃声，我疲倦地睁大眼睛。应当起床了。床头小柜上的闹钟是从我家里带来的。我按照冬季的作息时间——六点半起身。儿子帮我穿好衣物，扶我下床。他不知道前一夜我做了什么梦，醒了多少次。

编者注：

巴金为什么能二十八年如初，依旧没改变对爱人的忠诚？无论自己的爱人怎么样，都是那样地深爱着她。而萧珊也一样，对巴金的爱坚贞如一，即使为巴金受苦受累，也无怨无悔，始终和巴金紧紧地走在一起，支持巴金，鼓舞巴金，直到生命的最后一刻。他们演绎着人间伟大传奇的爱情神话故事。让人感动不已，看了《回忆萧珊》和《再忆萧珊》我也才真正地明白：人间原来真的有真爱存在，有巴金这样的爱情存在。萧珊故去后，她的骨灰一直放在巴金的卧室里，巴金的床头放着萧珊的译作。巴金对萧珊依然一往情深，这世间难得有这样的真爱啊，而“等到我永远闭上眼睛，就让我的骨灰同她的搀和在一起”一句，更道出巴金对萧珊生死不离的坚定信念。

西湖忆旧（节选）[①]

琦君[②]

我生长在杭州，也曾在苏州住过短短一段时期。两处都被称为天堂，可是一样天堂，两般情味。这也许因为“钱塘苏小是乡亲”，杭州是我的第二故乡，我对它格外有一份亲切之感。平心而论，杭州风物，确胜苏州。打一个比喻，居苏州如与从名利场中退下的隐者相处，于寂寞中见深远，而年轻人久居便感单调少变化。住杭州则心灵有多种感受。西湖似明眸皓齿的佳人，令人满怀喜悦。古寺名塔似遗世独立的高人逸士，引人发思古幽情。何况秋月春花，四时风光无限，湖山有幸，灵秀独钟。可惜我当时年少春衫薄，把天堂中岁月，等闲过了。莫

① 本文选自《琦君散文集》，人民文学出版社1993年版。

② 琦君（1917—2006），原名潘希真，浙江瓯海瞿溪人，现当代女作家。作品有散文集、小说集及儿童文学作品三十余种，包括《烟愁》、《红纱灯》（获中山文艺创作奖）、《三更有梦书当枕》、《桂花雨》、《细雨灯花落》、《读书与生活》、《千里怀人月在峰》、《与我同车》、《留予他年说梦痕》、《琦君寄小读者》、《琴心》、《菁姐》、《七月的哀伤》以及《琦君自选集》等等。她也是著名电视剧《橘子红了》的原作者。

说旧游似梦，怕的是年事渐长，灵心迟钝，连梦都将梦不到了。因此我要从既清晰亦朦胧的梦境中，追忆点滴往事，以为来日的印证。若他年重回西湖，孤山梅鹤，是否还认得白发故人呢？

圆荷滴露寄相思

荷花是如此高尚的一种花，宋朝周濂溪赞它出污泥而不染。它的每一部分又都可以吃。有如一位隐士，有出尘的高格，又有济世的胸怀。所以吃莲花也不可认为是煞风景的俗客，而调冰雪藕，更是文人们暑天的韵事。新剥莲蓬，清香可口，莲心可以泡茶，清心养目，莲梗可以作药。诗人还想拿藕丝制衣服。有诗云："自制藕丝衫子薄，为怜辛苦赦春蚕。"如果真有藕丝衫，一定比现代的什么"龙"都柔软凉爽呢。倒是荷衣确是隐者之服，词人说："新着荷衣人未识，年年江海客。"我想只要能泛小舟徜徉于荷花丛中，也就是远离烦嚣的隐士了。

写至此，我却想起了荷花中的一段故事：那一年仲夏，我陪着从远道归来的姑丈，和见了他就一往情深的云，三人荡舟湖上。从傍晚直至深夜，大家都默默地很少说话。小几上堆了刚出水的红菱，还带着绿色茎叶，云为我们一一地剥着红菱。她细白如兰的手指尖，与鲜嫩的红菱相映成趣。船儿在圆圆的荷叶之间穿来穿去，波光荡漾中，云娇媚的面容有如初绽的红莲。她摘下一片荷叶，漂在水面，水珠儿纷纷滚动在碧绿的丝绒上。我伸手上捉时，它们就顽皮地从手指缝中溜跑了。云说："谁能捉住水珠呢？"姑丈说："你们不就像这些水珠吗？"

她深湛的眼神注视了他半晌，低下头微喟一声，没有再说什么。沉默的空气重重地压着我的心，想想他们这一段无可奈何的爱，将如何了结呢？云捡起一片藕，双手折断，藕丝牵得长长的，在细细的风中飘着。她凝视一回，把藕扔在水中。藕丝是否还连着，我就看不清楚了，只看见云的眼中满是泪水。

对岸五彩霓虹灯在闪烁，岸边的世界依旧繁华，我们的船却飘得更远了。到了西泠桥边，冷清清的苏曼殊墓显得更寂寞。这位"才如江海命如丝"的情僧，纵然面壁三年，又何曾斩断情丝？是否他就不会吟"还君一钵无情泪，恨不相逢未剃时"的诗了。那时，我还是一个单纯的高中学生，可是"人间情是何物"，却已困惑了我，使我为旁人而苦恼。

我们舍舟登岸，从湖堤归来，三人并肩走在柏油马路上。尽管荷香阵阵，湖水清凉，我的心却十分沉重，相信他们的心比我更重。姑丈忽然拍拍我的肩说："希望你不要去捉荷叶上的水珠，那是永远捉不住的。"他这话是对我说的吗？

桂花香里啜莲羹

中秋前后，满觉陇桂花盛开。在桂林中散步，脚下踩的是一片黄金色的桂花，像地毯，软绵绵的，一定比西方极乐世界的金沙铺地更舒适！浓郁的桂花香，格外亲切。我那时正读过郁达夫的小说《迟桂花》，文人笔下的哀伤，也深深感染了我。仿佛那可爱的女孩，正从桂花中冉冉而来。

桂花林中还产一种嫩栗，剥出来一粒粒都带桂花香。满觉陇一路上都有小竹棚，专卖白莲藕粉栗子羹。走累了，坐下来喝一碗栗子羹，顿觉精神饱满，齿颊留芬。母亲拿手的点心是桂花枣泥糕，所以趁每回远足满觉陇，都要捧一大包撒落的桂花回来，供她做糕。留一部分晒干和入雨前清茶中，更是清香可口。

不知何故，桂花最引我乡愁。在台湾很少闻到桂花香，可是乡愁却更浓重了。

同来此地乞清凉

我们母校之江大学，是国内闻名的名胜之一。它位于钱塘江边，六和塔畔，秦望山麓。弦歌之声，与风涛之声相和，陶冶着每个人的襟怀。

清晨的江水是沉静的。在山上，凝眸远望，江上雾氛未散，水天云树，一片迷蒙。晨曦自红云中透出，把薄雾染成粉红色的轻纱，笼罩着江面。少顷，雾氛散开，江面闪着万道金光，也给你带来满腔希望。沉静的江水，也有愤怒的时候，那就是月明之夜的汹涌波涛。尤其是中秋前后，钱江的潮水，排山倒海而来，蔚为奇观。海宁观潮，不知吸引多少游客。传说钱江的潮头有两个，前面的是伍子胥，后面的是文种，春秋时代的两位忠臣，把一腔孤忠悲愤，化为怒潮。吴越王钱镠曾引箭射潮，却不曾把潮头射退，称雄称霸者又何能敌得过大自然？

六和塔是杭州三大名塔之一，另两座是保俶塔和雷峰塔①，都是战国时代的建筑。一俊秀，一苍劲，故称为“美人老僧”。

① 保俶塔和雷峰塔，均建于北宋初。

雷峰塔因为有法海和尚镇压白蛇在塔下的故事，所以更带神秘性。而塔因几经火灾已倒塌大半。据说赭色的残砖可以治疗痼疾，游人往往带回一块半块。残缺的古塔，在斜阳映照下，更显得一片苍凉、“雷峰夕照”也就格外的引人低徊。我比较喜爱的还是六和塔，因为它接近人间：朱红的曲槛回廊和六角飞檐，点缀在波涛壮阔的钱塘江边，更配合年轻人的心情。塔在外表上看去是十三层，登塔却只七层，设计非常巧妙。塔下有许多竹篷摊贩，学生们每天都成群结队来小吃，再买点零食，爬上塔顶边吃边唱歌。虽比不上杜老“振衣千仞冈，濯足万里流”[①]的气概,却也真自由自在。从六和塔沿着钱塘江走两三里路，便是九溪十八涧，在九溪茶亭坐下来小憩，沏一壶清茶，买一碟花生米，一碟豆腐干，真有金圣叹说的鸡肉味。山泉清洌中带甜味，溪水粼粼，清可见底。我们常赤脚伸在水中，让小鱼儿吻着脚趾尖。十八涧的美在乎自然，几处茅亭竹屋，点缀于曲折的溪边。假日游人也不多，不像台北近郊的名胜，处处人挤人，想找个座位休息一下，都很难得。使我格外思念那些悠闲无争的岁月，也使我念念不忘老师的四句词：“短策暂辞奔竞场，同来此地乞清凉；若能杯水如名淡，应信村茶比酒香。”真是悟道之言。处于今日繁忙的工业社会中，每日被分秒的时间所追赶，身心疲乏不堪。真想暂离开奔竞之场，可是教从何处乞得片刻清凉呢？

---

① “振衣千仞冈，濯足万里流”，为晋左思《咏史》中句。

枝上花开又十年

花园别墅，亦为西湖点染了不少风光。其中给我印象最深的是刘庄，它是中山巨贾刘学询的别墅。里面台榭亭池，回廊曲槛，建筑得十分富丽。只是平时不轻易开放，尤其是学生旅行到此，看守园门的就把大花厅的四面玻璃门紧紧关闭，我们只能把鼻子贴在彩色玻璃窗上，向里面张望华丽的陈设，羡慕不已。有一次，我随着父母一同去游玩，父母通报了姓名，看门的特地延入内厅，还请出女主人来接待贵宾，对我这黄毛丫头来说，简直是受宠若惊。我走进雕梁画栋的客厅，不由得目迷五色，因为一切的陈设实在太讲究了。桌椅都是成套紫檀木镶大理石，油光雪亮，几案上的各种古玩和壁间的名人字画，使爱古玩字画的父亲都露出万分欣羡的神色。墙角的花架都是苍老的树根雕成，显得格外典雅宜人。庭院中种满了奇花异卉，春日百花盛开，倒也有一片欣欣向荣气象。父亲说，因为庄园主人去世多年，花木再茂盛，也赶不走那一股阴沉冷落之气，尤其是秋冬以后。这位庄主生前极懂得享受，所以为自己建了偌大一座别墅，而且娶了八个太太，他何曾想到树倒猢狲散，身后红粉飘零的悲哀？在庄的旁边是他的坟墓，全部是文石砌成，其豪奢不亚于古代帝王。前面一字儿排着八个墓穴，是他为八个太太筑的生圹，上面刻着他自撰的生圹志。可是八个墓穴好像还空着六个。出来招待我母亲的两位刘太太，却不知她们排行第几，年纪看上去都是四十尚不足，三十颇有余。她们一色的黑绸旗袍，淡扫双眉，薄施脂粉，皮肤都非常细洁，颈后绾一个低低的爱丝髻；珍珠耳环，钻石戒指。如此一对如花美眷，长年伴着一座冷冰冰的孤坟，使我立刻想起徐訏的《鬼恋》。幸得她们神情并不淡漠，与母亲说话，语调非常亲切。母来不便与她们多谈，我却恨不得问她们："你们害怕吗？将来打算葬在这个墓穴里吗？为什么不进城里跟亲戚朋友住在一起呢？"我那时太年轻，哪儿懂得人世间许多傻事。这两位美丽的未亡人，守着偌大的庄园，守着她们死去的丈夫，一年年的春去秋来，花开花谢，她们真个是死灰槁木，看破红尘吗？人世的富贵荣华、浓情蜜意都是过眼云烟；建造这八个墓穴的刘庄主人，才是真正的大傻瓜呢！"如梦如烟，枝上花开又十年。"满园姹紫嫣红，给人的感慨又是如何？

编者注：

琦君是生活在人情中的人，无疑偏重于述怀的，但常常与记事写景结合在一起。她对故乡炽热的思念，正是作家热爱家乡的真诚表现。尤其令人难忘的，作者每看到他乡的山川景色稍似家乡风光时，又会引起丰富的联想，倾注她对家乡灼热的爱。她的《西湖忆旧》是为追忆而写的，这些地方，她离开了许多年，却写得一往情深，景、人、物——如在目前，再一次说明她爱之切，忆之深。在她笔下，"西湖似明眸皓齿的佳人，令人满怀喜悦，古寺名塔似遗世独立的高人逸士，引人发思古幽情。何况秋月春花，四时风光无限，湖山有幸，灵秀独钟"、"令人留连忘返"，"若把西湖秀丽景物移到台湾，都成奇景"。

（摘自张默芸《琦君》）

访母校·忆儿时[①]

林海音[②]

我的小学母校是在大陆的北平，地址在和平门外厂甸，简称厂甸师大附小。北平的师范大学，有附属中学和附属小学，在同一社区，是文化古都北平有名的校区。我第一次返第二故乡北平，访母校附小是1990年5月的事。一群夏家的子侄陪我一道去，因为他们也都是附小毕业的，就连他们的子女，现在也都在附小读书，是一家三代的母校了。

校园还是老样子，大校门进去，是环抱两条斜坡的路，因为校园比大街高出许多。上了坡，眼前显现的是广大校园前部，一年级的教室仍在左手边！脑海里立刻浮现出下雨天我上课迟到，爸爸给我送衣服来的情景，那已经是六十多年前的事了。前方对面望去，有一排房子，当年是专为男生上课的劳作教室。旁边还有两个窗口的房子，是排队买早点烧饼麻花（即油条）

---

① 本文选自《家住书坊边》，江苏文艺出版社2007年版。

② 林海音（1918—2001），原籍台湾省苗栗县，生于日本大阪，在北京长大。中国著名作家，著有《城南旧事》等。

的地方。

我记得我的门牙掉了，吃起东西来抿着嘴，吃烧饼麻花也一样，又难看又不舒服。北平的小孩子掉了门牙，大人见了常会开玩笑说："吃切糕不给钱，卖切糕的把你门牙摘啦？"切糕是一种用黄糯米粉和红枣、芸豆、白糖蒸出来的糕，像我们台湾的萝卜糕一样大，人人都爱吃。

从校园向右往里走，经过二年级教室、花圃，穿过大礼堂、音乐教室，豁然一亮，就到了大操场和右手一排依旧是临街墙的老楼房教室，操场也还和从前一样，有滑梯、秋千、转塔等。想到我那时从前面的一、二年级升到后面的三、四年级，升高长大，心中好不得意。转塔、秋千、滑梯是我的"最爱"！

进到楼房廊下，看见一间教室的外墙上，钉着一个牌子，上面横写着三行字：

邓颖超同志
1920年至1921年
曾在此教室任教

看起来很亲切，可见他们对邓颖超女士的敬重。她是周恩来的夫人，一对模范夫妇，他们生活简朴，一向喜爱收养抚育孤儿，非常有爱心，所以受人敬重。前些时（七月十一日）邓女士以八十八高龄于久病后故去，我们也一样地悼念她。

校园没有变动，这栋楼房也是我在三、四年级上了两年课的地方。上下课的时候，钟声一响，群生奔向楼梯，木板被踩得咚咚响，我现在还好像听到吵人的声音。

校园的最后面，也就是楼房的右边，原有一排矮屋，是缝纫教室和图书室，但是现在却没有，太陈旧矮小被拆除了吧！但是我在这儿却有着难忘的生活。女生到了三年级就要到这间教室学针线。这屋里有两张长桌和一排靠墙的玻璃橱，橱里摆着我们的成绩——钩边的毛绢、蒲包式婴儿鞋、十字刺绣等等。教室的另一头是图书室，书架上是《小朋友》、《儿童世界》杂志，居然还有很多商务印书馆出版的林纾、魏易用浅近的文言所翻译的世界名著，像《基度山恩仇记》、《二孤女》、《块肉余生记》、《劫后英雄传》……我都囫囵吞枣地读过，可见得，当我白话文还没学好的时候，已经先读文言的世界名著了，奇怪不奇怪！

在后面绕了一圈，又回到前院去，到我二年级的教室前拍了一照，因为它仍是当年我上课的教室，没有变动。我忽想起我上二年级的糗事，算术开始学乘法，我怎么也不会进位，居然被级任王老师用藤教鞭打了几下手心，到今天还觉得羞愧脸热。

今天走到这儿，拍了照，我忽然对晚辈讲起这些糗事并且笑说："是不是我也可以在教室外挂一个牌子，上面写：林海音同学一九二五年至一九二六年曾在此教室挨揍。"子侄们听了大笑！

五、六年级的教室，就在二年级教室的东面。我们升入六年级的第一天，下午下课前，新级任李尚之老师，指定几个男同学，要他们下了课留在教室，先不要回家。大家疑心重重，不知道是什么事要他们留下来，打扫教室？挂贴画表？功课不好需要补习？

有一些好事的同学便也留下来不回家，躲到离教室远远的角落看动静。

第二天，你们猜是怎么回事？

好事听动静的同学告诉我们了。原来昨天教室门关起来以后，只听见李老师叫那几个男同学一字排列，严辞厉色地说，他知道他们几个人在五年级时是班上闹得不像话又不用功的学生——五年级的钱老师是个老秀才，是好人，但是管不住学生，我就是从钱老师班上升上来的，所以我知道——现在到了李老师班上。李老师说到这儿便拿起了藤教鞭，“咻！咻！”两下子，接着说：“到了我这班上，可没这么便宜！”便接着在每人身上抽了几下，几个出名的坏学生，便闪呀躲呀的，可也躲不及，只好乖乖地各挨了一顿揍。

“你们怎么知道？不是教室关紧了吗？”我们女同学问。

“趴在门窗缝看见、听见了呀！”淘气的男同学扮着鬼脸说。

“也欠揍！”我也不客气地撇嘴对男生说。

小学的最后一年，在李尚之老师的教导下，我们成了优秀和模范班。矮矮胖胖、皮肤黝黑的李老师，是河北省人（附小的老师几乎都是河北省人），他虽严厉，但教课讲解仔细，也爱护我们，我们实实在在地受益不少。这一年中也有不少学生（男生最多）挨了揍，但是我们不觉得有什么不妥当，和现在有的老师拿打人出气是截然不同的。

我在附小记忆中的老师像教舞蹈体育的韩荔媛老师，教缝纫的郑老师，二年级级任王老师，五年级级任钱老师（他的名字是钱贯一，反过来念就是“一贯钱”啦！）都是一生难忘的。

我们附小主任是韩道之先生，他是韩荔媛老师的父亲。记得上三年级的时候，有一天他召集全校女生到大礼堂去听他训话，他发表谈话说，我们身体发肤受之父母，所以不可毁伤，劝大家不要随时髦剪掉辫子。因为那时正是新文化运动，西洋的各种风气东来，一股热潮，不但文化、衣着、生活上的种种习俗都改变了，剪辫子留短发也是女学生（甚至我母亲那样的旧式家庭妇女）的新潮流，韩主任的一番大道理，谁听得下去，过不久还不是十个女生有九个剪掉黄毛小辫儿，都成了短发齐耳了。我当然也是。

前面我说过，我们的缝纫教室也是学校图书室，我喜欢看书架上的杂志《小朋友》和《儿童世界》。《小朋友》是中华书局出的，《儿童世界》是商务印书馆出的。《小朋友》的创办人有一位是黎锦辉先生，他对中国的音乐教育太有贡献，我们是中国新文化开始后第一代接受西洋式的新教育，音乐、体育、美术，都是新的，我们小学生，几乎人人都学的是黎先生编剧作曲的歌剧，像《麻雀与小孩》（太有名啦！）、《小小画家》、《葡萄仙子》、《可怜的秋香》、《月明之夜》，哪一个不是小朋友们所喜欢、所唱过的哪！他办的《小朋友》杂志是周刊，每到星期六，我就等着爸爸从邮局（他在北平的邮局工作）提早把《小朋友》带回来。上面我爱看《鳄鱼家庭》，还有王人路（他是电影明星王人美的哥哥）的翻译作品。记得有一期登了一篇小说，说是一个王子慈善心肠，他走在路上很小心，低头看见地上有蚂蚁就踮着脚尖走，不愿踩到蚂蚁，这给我的印象很深，我虽然是任意走路的人，但是真的低头看见蚂蚁，也会不由得躲开走呢！这都是受了《小朋友》上小说的影响吧！

等我长大了，进了中学，当然满心阅读新文艺作品和翻译的西洋作品，《小朋友》就不知道什么时候从我的读书生活中消失了。、

今年的暮春五月，我们一群儿童文学工作者到上海、北京、天津去和大陆上的同好者开会，热闹极了，亲热极了。我在会场上认识了许多人，重要的是在上海的会中，桂文亚给我介绍了今年八十六岁的陈伯吹老先生，他一生至今都是从事儿童文学工作，写作、编辑或教书。他虽是快九十岁的人了，但健康的气色、红润的肤色、亲切的谈吐，都使人有沐浴春风的感觉。大家都很敬重他，我也一样，给他拍了照片。

这时台北的陈木城过来了，他说："来，林先生和七十岁的《小朋友》合拍一张。"原来他拿来的是一本《小朋友》创刊70周年纪念号，全书彩色，虽然是二十四面薄薄的一本，但70岁可是个长寿呀！算起来这位"小朋友"还比我小，我们都这么健康，我虽然这么大岁数，也没有失掉孩子气，我愿意像陈伯吹先生一样，一生都要分出时间来为孩子们不断地写！

编者注：

林海音的作品，显得特别，有其特质和与众不同的风格，是由于她更固执地把题材只限于女人身上，以女人的心眼和细致的观察来塑成一个世界；时代的推移，社会的蜕变，世事的沧桑，皆透过女人的心身来寻觅表现。可以说，她笔下的女人几乎没有一个是善终的；这意思是说，她所描写的女人皆尝过失望，爱情的挫折，大都是不幸的。没有一个女人得到真正的幸福，虽然这些女人并不缺乏生活上的欢乐或赖以生存的爱情，但她们仍是不幸的一群。不过，幸福是什么？它在哪儿？幸福不过是虚渺的幻觉？抑或一只青鸟？这是颇值得思索的。然而，以世俗的观点来说，林海音所雕塑的女人形象，皆面带忧戚，在酸苦的不幸中翻滚；好似围绕她们周围的，命运造成的冰壁，冷森又残酷，显然她们是一群被虐待者。

（选自叶石涛：《林海音论》，《台湾文艺》187 期 1970 年。）

多年父子成兄弟[①]

汪曾祺[②]

这是我父亲的一句名言。

父亲是个绝顶聪明的人。他是画家，会刻图章，画写意花卉。图章初宗浙派，中年后治汉印。他会摆弄各种乐器，弹琵琶，拉胡琴，笙萧管笛，无一不通。他认为乐器中最难的其实是胡琴，看起来简单，只有两根弦，但是变化很多，两手都要有功夫。他拉的是老派胡琴，弓子硬，松香滴得很厚——现在拉胡琴的松香都只滴了薄薄的一层。他的胡琴音色刚亮。胡琴码子都是他自己刻的，他认为买来的不中使。他养蟋蟀，养金铃子。他养过花，他养的一盆素心兰在我母亲病故那年死了，从此他就不再养花。我母亲死后，他亲手给她做了几箱子冥衣——我们那里有烧冥衣的风俗。按照母亲生前的喜好，选

---

① 本文选自聂华苓《亲爱的爸爸妈妈》，中国对外翻译出版公司2005年版。

② 汪曾祺（1920—1997），江苏高邮人，中国当代作家、散文家、戏剧家、京派作家的代表人物。著有短篇小说集《邂逅集》、《汪曾祺短篇小说选》，散文集《蒲桥集》、《晚饭花集》等。

购了各种花素色纸作衣料，单夹皮锦，四时不缺。他做的皮衣能分得出小麦穗、羊羔、灰鼠、狐肷。

父亲是个很随和的人，我很少见他发过脾气，对待子女，从无疾言厉色。他爱孩子，喜欢孩子，爱跟孩子玩，带着孩子玩。我的姑妈称他为“孩子头”。春天，不到清明，他领一群孩子到麦田里放风筝。放的是他自己糊的蜈蚣（我们那里叫“百脚”），是用染了色的绢糊的。放风筝的线是胡琴的老弦。老弦结实而轻，这样风筝可笔直地飞上去，没有“肚儿”。用胡琴弦放风筝，我还未见过第二人。清明节前，小麦还没有“起身”，是不怕践踏的，而且越踏会越长得旺。孩子们在屋里闷了一冬天，在春天的田野里奔跑跳跃，身心都极其畅快。他用钻石刀把玻璃裁成不同形状的小块，再一块一块逗拢，接缝处用胶水粘牢，做成小桥、小亭子、八角玲珑水晶球。桥、亭、球是中空的，里面养了金铃子。从外面可以看到金铃子在里面自在爬行，振翅鸣叫。他会做各种灯。用浅绿透明的“鱼鳞纸”扎了一只纺织娘，栩栩如生。用西洋红染了色，上深下浅，通草做花瓣，做了一个重瓣荷花灯，真是美极了。用小西瓜（这是拉秧的小瓜，因其小，不中吃，叫做“打瓜”或“笃瓜”）上开小口挖净瓜瓤，在瓜皮上雕镂出极细的花纹，做成西瓜灯。我们在这些灯里点了蜡烛，穿街过巷，邻居的孩子都跟过来看，非常羡慕。

父亲对我的学业是关心的，但不强求。我小时了了，国文成绩一直是全班第一。我的作文，时得佳评，他就拿出去到处给人看。我的数学不好，他也不责怪，只要能及格，就行了。

他画画，我小时也喜欢画画，但他从不指点我。他画画时，我在旁边看，其余时间由我自己乱翻画谱，瞎抹。我对写意花卉那时还不太会欣赏，只是画一些鲜艳的大桃子，或者我从来没有见过的瀑布。我小时字写得不错，他倒是给我出过一点主意。在我写过一阵“圭峰碑”和“多宝塔”以后,他建议我写写“张猛龙”。这建议是很好的,到现在我写的字还有“张猛龙”的影响。我初中时爱唱戏，唱青衣，我的嗓子很好，高亮甜润。在家里，他拉胡琴，我唱。我的同学有几个能唱戏的。学校开同乐会，他应我的邀请，到学校去伴奏。几个同学都只是清唱。有一个姓费的同学借到一顶纱帽，一件蓝官衣，扮起来唱“朱砂井”，但是没有配角，没有衙役，没有犯人，只是一个赵廉，摇着马鞭在台上走了两圈，唱了一段“郡坞县在马上心神不定”便完事下场。父亲那么大的人陪着几个孩子玩了一下午，还挺高兴。我十七岁初恋，暑假里，在家写情书，他在一旁瞎出主意。我十几岁就学会了抽烟喝酒。他喝酒，给我也倒一杯。抽烟，一次抽出两根他一根我一根。他还总是先给我点上火。我们的这种关系，他人或以为怪。父亲说：“我们是多年父子成兄弟。”

我和儿子的关系也是不错的。我戴了“右派分子”的帽子下放张家口农村劳动，他那时还从幼儿园刚毕业，刚刚学会汉语拼音，用汉语拼音给我写了第一封信。我也只好赶紧学会汉语拼音，好给他写回信。“文化大革命”期间，我被打成“黑帮”，送进“牛棚”。偶尔回家，孩子们对我还是很亲热。我的老伴告诫他们“你们要和爸爸‘划清界限’”,儿子反问母亲:“那你怎么还给他打酒？”只有一件事，两代之间，曾有分歧。他下放山西忻县“插队落户”。按规定，春节可以回京探亲，我们等着他回来。不料他同时带回了一个同学。他这个同学的父亲是一位正受林彪迫害，搞得人囚家破的空军将领。这个同学在北京已经没有家，按照大队的规定是不能回北京的，但是这孩子很想回北京，在一伙同学的秘密帮助下，我的儿子就偷偷地把他带回来了。他连“临时户口”也不能上，是个“黑人”，我们留他在家住，等于“窝藏”了他。公安局随时可以来查户口，街道办事处的大妈也可能举报。当时人人自危，自顾不暇，儿子惹了这么一个麻烦，使我们非常为难。我和老伴把他叫到我们的卧室，对他的冒失行为表示很不满，我责备他：“怎么事前也不和我们商量一下！”我的儿子哭了，哭得很委屈，很伤心。我们当时立刻明白了：他是对的，我们是错的。我们这种怕担干系的思想是庸俗的。我们对儿子和同学之间的义气缺乏理解，对他的感情不够尊重。他的同学在我们家一直住了四十多天，才离去。

对儿子的几次恋爱，我采取的态度是“闻而不问”。了解，但不干涉。我们相信他自己的选择，他的决定。最后，他悄悄和一个小学时期的女同学好上了，结了婚。有了一个女儿，已近七岁。

我的孩子有时叫我“爸”，有时叫我“老头子”！连我的孙女也跟着叫。我的亲家母说这孩子“没大没小”。我觉得一个现代化的，充满人情味的家庭，首先必须做到“没大没小”。父母叫人敬畏，儿女“笔管条直”最没有意思。

儿女是属于他们自己的。他们的现在，和他们的未来，都应由他们自己来设计。一个想用自己理想的模式塑造自己的孩子的父亲是愚蠢的，而且，可恶！另外作为一个父亲，应该尽量保持一点童心。

编者注：

《多年父子成兄弟》是著名作家汪曾祺的一篇散文，写得很家常很温馨，但是意蕴却相当深。文章写了三代人两代父子关系，一开始交代题目的由来，引领全文，然后写作者的父亲与他，接着写作者与自己的孩子，最后写作者对父子间关系的看法，可以看作是全文的总结。文章的标题不同凡响，这是引用了父亲的话，耐人寻味，能激发读者探知究竟的强烈愿望。

（选自汪政：《父子为何成兄弟——杂说汪曾祺〈多年父子成兄弟〉》，《名作赏析》2012 年第 16 期。）

回忆巴尔扎克[①]

戴·戈蒂耶[②]

大仲马不是说过“莎士比亚是上帝之后创造得最多的一个人”吗？把这句话转赠给巴尔扎克更为恰当；一个人的头脑能创造出这样多活生生的人物，的确从来还没有过。

从那个时期（1836年）起，巴尔扎克拟定了“人间喜剧”的计划，他对自己的天才也有了充分的认识。他巧妙地把他已经出版的作品和他的中心思想联系起来，并把它们安插在根据哲理划分出来的类别中。虽然某些纯粹空想的中篇小说加上了挂钩仍没有联系得很好，但这不过是一些细节，在无限辽阔的整体中是看不见它们的痕迹的，有如一些风格迥异的装饰失落在一座宏伟的建筑中一样。

我们说过，巴尔扎克辛勤地劳动着，他像是顽强的铸铁匠，把不合规格的产品十次、十二次重新投入炉中；他也许像倍尔

① 本文选自《外国散文名篇鉴赏》，沈宝基译，中国青年出版社1993年版。

② 戴·戈蒂耶（1811—1872），法国诗人，以提倡“为艺术而艺术”闻名于世。

那·巴里西[①]那样把木器、地板甚至椽子都烧掉，为了让窑里的火不致熄灭，试验不致中断；即使在极困苦的日子里，他也决不草率从事，随便把作品拿出来；这种虚心对待文学的态度留下了不少值得赞美的榜样。他一次又一次修改，改得几乎等于同一主题的另一本书，而改排的费用书店老板却记在巴尔扎克的账上，从版税里扣除；他那与作品的价值和劳动的艰苦比起来已经是微乎其微的酬劳，也就因此更加减少。他所预期的款项常常不够偿还宿债,为了要应付他笑着说的这些“流水账”，他便发挥惊人的才思紧张地工作着，这种工作也许要占据一个普通人的全部时间。但是当他穿着教士所穿的袍子坐在案头的时候，正是夜阑人静，配着绿色罩子的七支蜡烛组成的灯照在洁白的纸张上，他忘记了一切拿起笔来，于是一个比雅各和天使的斗争还要可怕的斗争开始了，我说的是形式与内容的斗争。

他每晚作战，到了早上总是精疲力竭，但他胜利了；夜里炉火熄灭以后，房间里很冷，他脸上冒着热气，身体上冒着肉眼可以看见的轻雾，像从冬天的马身上散发出来的一样。有时仅只一个句子就花去整夜的时间；他写了又改，剪裁、琢磨、推敲和增删，把这个句子写成上百种样式。奇怪的是：那需求的完善的形式，总是在列举种种似是而非的形式之后才会发现。不错，熔铁往往一下子迸射出来反倒较为细密匀称，但是在巴尔扎克的作品中却很少有几页和初稿相同。

他绞尽脑汁，认真写作，由于他超人的意志，加上勇士的

---

① 倍尔那•巴里西，法国16世纪著名陶瓷家。

气魄和教士一般深居简出的生活，因而他著作等身。每当他从事一部重要的著作，一天24小时内他要工作16到18小时，接连两三个月不停；他只匀出6小时的时间来满足动物本能的睡眠要求，倒下就睡，却又心惊肉跳，这是由于吃得匆忙，消化不良的缘故。在这些日子里，他不露一面，就是知己朋友也不知道他的去向；但是不久他从地下钻了出来，高高地举起一本杰作，笑声洪亮，十分天真地为自己喝彩；他并不要人家赞美，不过人家的赞美他也接受。没有一个作家像他那样，丝毫不关心别人如何评论和推荐他的作品。他要自自然然地扬名于世，不用一点手段，也从来不拉拢新闻记者——何况这种举动还得糟蹋他的时间。他交付稿件，拿了稿费飞也似的跑去还给债主，这些债主往往就在报馆院子里等候着，譬如，举个例子吧，替他在若尔第乡盖房子的泥水匠就是这样。

有时候，他一清早便来找我们，上气不接下气，被新鲜空气弄得有些眩晕，十分疲乏，就像从冶铁场里跑出来的铁匠之神乌尔根，一进来就跌坐在沙发上；他因为工作了整整一个长夜，肚子饿了；他把沙丁鱼捣碎后和黄油搅在一起调制成酱，抹在面包上，这种酱使他回忆起都尔城的特产：肉羔。他最爱吃这个东西；吃完就睡，叫我们一小时后唤醒他。我们没有听他的吩咐，反而尊重他的如此难得的酣睡，所以不让屋子里有一些声响。巴尔扎克一觉醒来，只见天色已暗，将近黄昏，他连忙跳起来，破口大骂，骂我们混蛋、小偷、凶手；我们害他损失了一万法郎，因为要是他早些醒来，他会想好一部新小说的内容，这部小说就能替他带来上述这个数字（再版税还不计算在内）。我们闯了大祸，造成了不可想象的紊乱。我们害他耽误了他和银行家、书店老板、公爵夫人的约会；害他不能如期还清债务；这一次要命的睡眠害他遭受到上百万法郎的损失。但是巴尔扎克这种像输了钱加倍下赌注似的夸大的计算法，从绝小的数目开始，漫无边际地增加到成为最庞大的款项，那是我们司空见惯的，所以，当我们看见都尔城的人红润的颜色又出现在睡足以后的他的面颊上，我们心里也就很容易地得到了安慰。

编者注：

巴尔扎克是19世纪法国批判现实主义作家，其作品总名为《人间喜剧》，被誉为“法国社会的一面镜子”，而其个人生活却因不善经营而负债累累。

本文作者是巴尔扎克的好友。他没有过多的以抽象的总结、评论的方式来写巴尔扎克，而是发挥了了解其日常起居的优势，写了很多的生活细节，生动诙谐，突出表现了巴尔扎克苦行僧似的创作生涯。看了这些，我们就不会纳闷巴尔扎克为何能写出九十六部之多的小说和随笔了。

四季风物

秋夜[1]

鲁迅[2]

在我的后园，可以看见墙外有两株树，一株是枣树，还有一株也是枣树。

这上面的夜的天空，奇怪而高，我生平没有见过这样的奇怪而高的天空。他仿佛要离开人间而去，使人们仰面不再看见。然而现在却非常之蓝，闪闪地䀹着几十个星星的眼，冷眼。他的口角上现出微笑，似乎自以为大有深意，而将繁霜洒在我的园里的野花草上。

我不知道那些花草真叫什么名字，人们叫他们什么名字。我记得有一种开过极细小的粉红花，现在还开着，但是更极细小了，她在冷的夜气中，瑟缩地做梦，梦见春的到来，梦见秋的到来，梦见瘦的诗人将眼泪擦在她最末的花瓣上，告诉她秋

---

① 本文选自《野草》，人民文学出版社1979年版。

② 鲁迅（1881—1936），伟大的无产阶级文学家、思想家、革命家。原名周樟寿，后改名周树人，浙江绍兴人。著有散文集《朝花夕拾》，散文诗集《野草》，小说集《彷徨》、《呐喊》等，杂文集《坟》、《二心集》等。

虽然来，冬虽然来，而此后接着还是春，蝴蝶乱飞，蜜蜂都唱起春词来了。她于是一笑，虽然颜色冻得红惨惨地，仍然瑟缩着。

枣树，他们简直落尽了叶子。先前，还有一两个孩子来打他们——别人打剩的枣子，现在是 一个也不剩了，连叶子也落尽了，他知道小粉红花的梦，秋后要有春；他也知道落叶的梦，春后还是秋。他简直落尽叶子，单剩干子，然而脱了当初满树是果实和叶子时候的弧形，欠伸得很舒服。但是，有几枝还低亚着，护定他从打枣的竿梢所得的皮伤，而最直最长的几枝，却已默默地铁似的直刺着奇怪而高的天空，使天空闪闪地鬼眨眼；直刺着天空中圆满的月亮，使月亮窘得发白。

鬼眨眼的天空越加非常之蓝，不安了，仿佛想离去人间，避开枣树，只将月亮剩下。然而月亮也暗暗地躲到东边去了。而一无所有的干子，却仍然默默地铁似的直刺着奇怪而高的天空，一意要制他的死命，不管他各式各样地睒着许多蛊惑的眼睛。

哇的一声，夜游的恶鸟飞过了。

我忽而听到夜半的笑声，吃吃地，似乎不愿意惊动睡着的人，然而四围的空气都应和着笑。夜半，没有别的人，我即刻听出这声音就在我嘴里，我也即刻被这笑声所驱逐，回进自己的房。灯火的带子也即刻被我旋高了。

后窗的玻璃上丁丁地响，还有许多小飞虫乱撞。不多久，几个进来了，许是从窗纸的破孔进来的。他们一进来，又在玻璃的灯罩上撞得丁丁地响。一个从上面撞进去了，他于是遇到火，而且我以为这火是真的。两三个却休息在灯的纸罩上喘气。那罩是昨晚新换的罩，雪白的纸，折出波浪纹的叠痕，一角还画出一枝猩红色的栀子。

猩红的栀子开花时，枣树又要做小粉红花的梦，青葱地弯成弧形了……。我又听到夜半的笑声，我赶紧砍断我的心绪，看那老在白纸罩上的小青虫，头大尾小，向日葵子似的，只有半粒小麦那么大，遍身的颜色苍翠得可爱，可怜。我打一个呵欠，点起一支纸烟，喷出烟来，对着灯默默地敬奠这些苍翠精致的英雄们。

一九二四年九月十五日

编者注：

《秋夜》这篇散文诗是鲁迅散文诗集《野草》中的名篇。由于当时政治黑暗，不允许作者直抒胸臆，所以鲁迅便运用曲笔，采用象征手法，以大量暗示来含蓄地表达自己的情思。他描绘了秋夜、枣树、小青虫、小粉红花等景物，展现出了光明与黑暗激烈搏斗的场景，赋予它们以不同的社会势力的人格化含义，从而表达了对黑暗统治势力的强烈憎恶和英勇抗争，表达了对追求光明、不畏强敌的革命战士的无限崇敬和热情赞颂。

（摘自蒋文学、赵景芝《鲁迅〈秋夜〉赏析》，

《语文天地》2002年第4期。）

银杏[①]

郭沫若[②]

银杏，我思念你，我不知道你为什么又叫公孙树。但一般人叫你是白果，那是容易理解的。

我知道，你的特征并不专在乎你有这和杏相仿的果实，核皮是纯白如银，核仁是富于营养——这不用说已经就足以为你的特征了。

但一般人并不知道你是有花植物中最古老的先进，你的花粉和胚珠具有着动物般的性态，你是完全由人力保存下来的奇珍。

自然界中已经是不能有你的存在了，但你依然挺立着，在太空中高唱着人间胜利的凯歌。

你这东方的圣者，你这中国人文的有生命的纪念塔，你是只有在中国才有呀，一般人似乎也并不知道。

---

① 本文原载于1942年5月23日《新华日报》。

② 郭沫若（1892—1978），四川乐山人，作家、学者、翻译家。著有诗集《女神》、历史剧《屈原》、译作《浮士德》（歌德）、学术论著《甲骨文研究》等。

我到过日本，日本也有你，但你分明是日本的华侨，你侨居在日本大约已有中国的文化侨居在日本那样久远了吧。

你是真应该称为中国的国树的呀，我是喜欢你，我特别地喜欢你。

但也并不是因为你是中国的特产，我才特别的喜欢，是因为你美，你真，你善。

你的株干是多么的端直，你的枝条是多么的蓬勃，你那摺扇形的叶片是多么的青翠，多么的澄洁，多么的精巧呀！

在暑天你为多少的庙宇戴上了巍峨的云冠，你也为多少的劳苦人撑出了清凉的华盖。

梧桐虽有你的端直而没有你的坚牢；

白杨虽有你的葱茏而没有你的庄重。

熏风会媚抚你，群鸟时来为你欢歌，上帝百神——假如是有上帝百神，我相信每当皓月流空，他们会在你脚下来聚会。

秋天到来，蝴蝶已经死了的时候，你的碧叶要翻成金黄，而且又会飞出满园的蝴蝶。

你不是一位巧妙的魔术师吗？但你丝毫也没有令人掩鼻的那种的江湖气息。

当你那解脱了一切，你那槎枒的枝干挺撑在太空中的时候，你对于寒风霜雪毫不避易。

那是多么的嶙峋而洒脱呀，恐怕自有佛法以来再也不会产生过象你这样的高僧。

你没有丝毫依阿取容的姿态，但你也并不荒伧，你的美德像音乐一样洋溢入荒，但你也并不骄傲，你的名讳似乎就是“超然”，你超在乎一切的草木之上，你超在乎一切之上，但你并不隐遁。

你的果实不是可以滋养人，你的木质不是坚实的器材，就是你的落叶不也是绝好的引火的燃料吗？

可是我真有点奇怪了，奇怪的是中国人似乎大家都忘记了你，而且忘记得很久远，似乎是从古以来。

我在中国的经典中找不出你的名字，我没有读过中国的诗人咏赞过你的诗。我没有看见过中国的画家描写过你的画。

这究竟是怎么一回事呀，你是随中国文化以俱来的亘古的证人，你不也是以为奇怪吗？

银杏，中国人是忘记了你呀，大家虽然都在吃你的白果，都喜欢吃你的白果，但的确是忘记了你呀。

世间上也仅有不辨菽麦的人，但把你忘记得这样普遍，这样久远的例子，从来也不曾有过。

真的啦，陪都不是首善之区吗？但我就很少看见你的影子，为什么遍街都是洋槐，满园都是幽加里树呢？

我是怎样的思念你呀，银杏！我可希望你不要把中国忘记吧。

这事情是有点危险的，我怕你一不高兴，会从中国的地面上隐遁下去。

在中国的领空中会永远听不着你赞美生命的欢歌。

银杏，我真希望呀，希望中国人单为能更多吃你的白果，总有能更加爱慕你的一天。

一九四二年五月二十三日

编者注：

文章写银杏，不仅用比较的方法，还用了衬托的方法。写熏风的吹拂，群鸟的欢歌，既给银杏的“庄重”增添情韵，又似乎在赞颂银杏的高风亮节。当那“皓月流空”之夜，树影婆娑，更引人遐思，在作者的幻想中，甚至会有上帝百神来到银杏的脚下“聚会”。这又借幻想的神仙境界，衬托出了银杏的高洁。

（摘自林志仪《析〈银杏〉》）

西溪的晴雨[①]

郁达夫[②]

西北风未起，蟹也不曾肥，我原晓得芦花总还没有白，前两星期，源宁来了西湖，说他倒觉得有点失望，因为湖光山色，太整齐，太小巧，不够味儿，他开来的一张节目上，原有西溪的一项；恰巧第二天又下了微雨，秋原和我就主张微雨里下西溪，好教源宁去尝一尝这西湖近旁的野趣。

天色是阴阴漠漠的一层，湿风吹来，有点儿冷，也有点儿香，香的是野草花的气息。车过方井旁边，自然又下车来，去看了一下那座天主圣教修士们的古墓。从墓门望进去，只是黑沉沉的，冷冰冰的一个大洞，什么也看不见，鼻里却闻吸到了一种霉灰的阴气。

把鼻子掀了两掀，耸了一耸肩膀，大家都说，可惜忘记带电筒，但在下意识里，自然也有一种恐怖，不安和畏缩的心意，

---

① 本文选自郁达夫著《西溪的晴雨》，华夏出版社2003年版。

② 郁达夫（1896—1945），浙江富阳人，现代著名小说家、散文家、诗人。著有短篇小说集《茑萝集》，中篇小说《她是一个弱女子》，散文集《闲书》、《屐痕处处》、《达夫日记集》等。

在那里作恶，直到了花坞的溪旁，走进窗明几净的静莲庵（？）堂去坐下，喝了两碗清茶，这一些鬼胎方才洗涤了个空空脱脱。

游西溪，本来是以松木场下船，带了酒盒行厨，慢慢儿地向西摇去为正宗。像我们那么高坐了汽车，飞鸣而过古荡，东岳，一个钟头要走百来里路的旅客，终于是难度的俗物，但是俗物也是俗益，你若坐在汽车座里，引颈而向西向北一望，直到湖州，只见一派空明，遥盖在淡绿成荫的斜平海上；这中间不见水，不见山，当然也不见人，只是渺渺茫茫，青青绿绿，远无岸，近亦无田园村落的一个大斜坡，过泰亭山后，一直到留下为止的那一条沿山大道上的景色，好处就在这里，尤其是当微雨朦胧，江南草长的春或秋的半中间。

从留下下船，回环曲折，一路向西向北，只在芦花浅水里打圈圈；圆桥茅舍，桑树蓼花，是本地的风光，还不足道；最古怪的，是剩在背后的一带湖上的青山，不知不觉，忽而又会得移上你的面前来，和你点一点头，又匆匆地别了。

摇船的少女，也总好算是西溪一景；一个站在船尾把摇橹，一个坐在船头上使桨，身体一伸一俯，一往一来，和橹声的咿呀，小波的起落，凑合成一大又圆又曲的进行软调：游人到此，自然会想起瘦西湖边，竹西歌吹的闲情，而源宁昨天在漪园月下老人祠里求得的那枝灵签，仿佛是完全的应了签诗的语文，是《鄘风·桑中》章末后的三句，叫作“期我乎桑中，要我乎上宫，关我乎淇之上矣”。

此后便到了交芦庵，上了弹指楼，因为是在雨里，带水拖泥，终于也感不到什么的大趣，但这一天向晚回来，在湖滨酒楼上放谈之下，源宁却一本正经地说："今天的西溪，却比昨日的西湖，要好三倍。"

前天星期假日，日暖风和，并且在报上也曾看到了芦花怒放的消息；午后日斜，老龙夫妇，又来约去西溪，去的时候，太晚了一点，所以只在秋雪庵的弹指楼上，消磨了半日之半。一片斜阳，反照在芦花浅渚的高头，花也并未怒放，树叶也不曾凋落，原不见秋，更不见雪，只是一味的浩荡，飘飘然，浑浑然，洞贯了我的肠腑，老僧无相，烧了面，泡了茶，更送来了酒，末后还拿出了纸和墨，我们看看日影下的北高峰，看看庵旁边的芦花荡，就问无相，花要几时才能全白？老僧操着缓慢的楚国口音，微笑着说："总要以阴历十月的中间；若有月亮，更为出色。"说后，还提出了一个交换的条件，要我们到那时候，再去一玩，他当预备些精馔相待，聊当作润笔，可是今天的字，却非写不可，老龙写了"一剑横飞破六合，万家憔悴哭三吴。"的十四个字，我也附和着抄了一副不知在哪里见过的联语："春梦有时来枕畔，夕阳依旧上帘钩。"

喝得酒醉醺醺，走下楼来，小河里起了晚烟，船中间满载了黑暗，龙妇又逸兴遄飞，不知上哪里去摸出一枝洞箫来吹着。"其声呜呜然，如怨如慕，如泣如诉，余音袅袅，不绝如缕"，倒真有点像是七月既望，和东坡在赤壁的夜游。

一九三五年十月廿二日

编者注：

郁达夫在《西溪的晴雨》中，以“微雨”为背景，通过自己的路上所闻，车里所见和船中所感，展现了西溪独特的野趣。

文章首先在微雨的背景下，营造了湿风吹冷、野草飘香的氛围，为全文奠定了朦胧素淡的基调。参观古墓，闻吸到的是“霉灰的阴气”，给人以“恐怖、不安和畏缩的心意”，而静莲庵堂的清茶洗涤了鬼气，这感情的跌宕之间，让人在氤氲的气息中感受了野趣。

作者记叙了赏游西溪的两次经历：一次在雨中，一次是晴日，而途中所见所为，无不充满了文人的雅兴，让读者在感受美的同时，也体会到了悠然的诗情。

（摘自《微雨里的野趣》、《游赏中的诗情》）

海[1]

唐弢[2]

少时候我爱海，现在也还没有改变。

老家是坐落在东海之滨，虽然离岸还得一二十里路，但我曾去闲逛过。那儿没有高大的山，没有葱郁的森林，有的只是一片白茫茫的海。

潮落的时候，也常到海滩上去捉螃蜞，拾螺蛳儿；晚上就宿在近海的亲戚家，听风刮着海潮怒啸。这当儿我是黧黑而健康，小小的年纪，就这么走上几十里路满不在乎。

我们全村子多是务农的。我也爱耕，爱牧，爱绿的田野蓝的天；可是，我的父亲偏不愿我干这勾当。

我分别了这个海，又到别的海滨流荡着。海水也许还是同样的味儿，也许不一样了，我可不大清楚。但当受了委屈或心头不高兴的当儿，我还得跑到海边去，高高的长啸几声。

---

① 本文选自《推背集》，天马书店1936年版。

② 唐弢（1913—1992），浙江镇海人，中国社会科学院文学研究所研究员。唐弢是我国著名作家、文学理论家、鲁迅研究家和文学史家，著有《推背图》、《晦庵书话》等。近年出版有《唐弢文集》。

海，它给我安慰，告诉我什么是伟大。在清晨，地球刚从黑夜里苏醒过来的时候，碧澄澄的水波微漾着，海面罩着淡淡的雾气，渔帆在迷濛中开始出现；随后太阳上来了，海波闪烁出黄色的，蓝色的，紫色的花纹。

但这可不曾支持多久，近海的天气恁地难以捉摸，一会儿天空给黑云掩住，狂风毫无遮拦的刮起来，从闪电的云端里，下来一阵践踏似的暴雨；天昏地暗，波涛是如临大敌似的呐喊，高掀时仿佛像要从水面飞去，白浪到处奔腾着；大自然像疯了一样。但接着天空重又开霁，依旧是静穆的微漾的一片。

我也曾在暮色苍茫中登临过面海的悬崖，听鹳鸥的长鸣，四顾无人，下瞩洪荒，感觉到天地的悠久和人生的奄忽，不禁流下几点感伤的眼泪。

在这短短的几年里，我各处流荡着，到南又到北，我遇见同样的海，同样的晴和雨，同样的幽静和雄伟，但从不曾再遇见我那黧黑而健康的童年。

编者注：

唐弢认为“散文的美”是内在的，“一句话，是每一篇散文在表达过程中传递给读者的它的全部精神内涵——它的情致，它的神态，它的气韵，因为我们写的是美文”。所有内在的美，无论是情致、神态，还是气韵，都得由语言来呈现，而且，只能通过语言来呈现。

唐弢十分重视散文语言的精练、生动、新鲜，他尤为爱重“诗一样的语言”，因为诗在语言方面的要求“比其它文学样式更集中、更强烈、更有代表性。”几十年间，他在锤炼散文语言方面倾注心力，追求着散文语言的诗性含蕴。唐弢的文学才能属较为敛抑、较为含蓄的类型，他曾一再说自己不是那种文思敏捷的作家，他少有一挥而就的时候。

（摘自刘纳《唐弢散文·序言》）

冬日漫步（节选）[①]

梭罗 [②]

风轻轻地低声吹着，吹过百叶窗，吹在窗上，轻软得好像羽毛一般；有时候数声叹息，几乎叫人想起夏季长夜漫漫和风吹动树叶的声音。田鼠已经舒舒服服地在地底下的楼房中睡着了，猫头鹰安坐在沼地深处一棵空心树里面，兔子、松鼠、狐狸都躲在家里安居不动。看家的狗在火炉旁边安静地躺着，牛羊在栏圈里一声不响地站着。大地也睡着了——这不是长眠，这似乎是它辛勤一年以来的第一次安然入睡。时虽半夜，大自然还是不断地忙着，只有街上商店招牌或是木屋的门轴上，偶然轻轻地发出叽格的声音，给寂寥的大自然添一些慰藉。茫茫宇宙，在金星和火星之间，只有这些声音表示天地万物还没有全体入睡——我们想起了远处（就在心里头吧？）还有温暖，还有神圣的欢欣和友朋相聚之乐；可是这种境界是天神们互相

---

① 本文选自《外国散文名篇鉴赏》，夏济安译，贵州人民出版社1986年版。

② 亨利·戴维·梭罗（1817—1862），美国散文家、哲学家。著有长篇散文《瓦尔登湖》等。

往来时才能领略，凡人是不胜其荒凉的。天地现在是睡着了，可是空气中还是充满了生机，鹅毛片片，不断落下，好像有一个北方的五谷女神，正在我们的田亩上撒下无数银色的谷种。

我们也睡着了，一觉醒来，正是冬天的早晨。万籁无声，雪厚厚地堆着，窗槛上像是铺了温暖的棉花；窗格子显得加宽了，玻璃上结了冰纹，光线暗淡而静，更加强了屋内的舒适愉快的感觉。早晨的安静，似乎静在骨子里，我们走到窗口，挑了一处没有冰霜封住的地方，眺望田野的景色；可是我们单是走这几步路，脚下的地板已经在吱吱地响。窗外一幢幢的房子都是白雪盖顶；屋檐下、篱笆上都累累地挂满了雪条；院子里像石笋似站了很多雪柱，雪里藏的是什么东西，我们却看不出来。大树小树四面八方地伸出白色的手臂，指向天空；本来是墙壁篱笆的地方，形状更是奇怪，在昏暗的大地上面，他们向左右延伸，如跳如跃，似乎大自然一夜之间，把田野风景重新设计过，好让人间的画师来临摹。

我们悄悄地拔去了门闩，雪花飘飘，立刻落到屋子里来；走出屋外，寒风迎面扑来，利如刀割。星光已经不这么闪烁光亮，地平线上面笼罩着一层昏昏的铅状的薄雾。东方露出一种奇幻的古铜色的光彩，表示天快要亮了；可是四面的景物，还是模模糊糊，一片幽暗，鬼影幢幢，疑非人间。耳边的声音，也带一种鬼气——鸡啼狗吠，木柴的砍劈声，牛群的低鸣声——这一切都好像是阴阳河彼岸冥王的农场里所发出的声音；声音本身并没有特别凄凉之处，只是天色未明，这种种活动显得太庄严了，太神秘了，不像是人间所有的。院子里雪地上，狐狸和水獭所留下的脚迹犹新，这使我们想起：即使在冬夜最静寂的时候，自然界生物没有一个钟头不在活动，他们还在雪上留下痕迹。把院子门打开，我们以轻快的脚步，跨上寂寞的乡村公路，雪干而脆，脚踏上去发出破碎的声音；早起的农夫，驾了雪撬，到远处的市场去赶早市；这辆雪撬一夏天都在农夫的门口闲放着，与木屑稻梗为伍，现在可有了用武之地，它的尖锐清晰刺耳的声音，对于早起赶路之人，也有提神醒脑的作用。农舍窗上虽然积雪很多，但是屋里的农夫已经早把蜡烛点起，烛光孤寂地照射出来，像一颗暗淡的星。树际和雪堆之间，炊烟也是一处一处地从烟囱里往上飞升。

大地冰冻，远处鸡啼狗吠；从各处农舍门口，也不时地传来丁丁劈柴的声音。空气稀薄干寒，只有比较美妙的声音才能传入我们的耳朵，这种声音听来都有一种简短的可是悦耳的颤动；凡是至清至轻的流体，波动总是少发即止，因为里面粗粒硬块，早就沉到底下去了。声音从地平线的远处传来，都清越明亮，犹如钟声，冬天的空气清明，不像夏天那样的多杂质阻碍，因此声音听来也不像夏天那样的毛糙模糊。脚下的土地，铿锵有声，如叩坚硬的古木；一切乡村间平凡的声音，此刻听来都美妙悦耳；树上的冰条，互相撞击，其声琤琮[①]，如流水，如妙乐。大气里面一点水分都没有，水蒸气不是干化，就是凝结成冰霜的了；空气十分稀薄而似有弹性，人呼吸其中，自觉心旷神怡。天似乎是绷紧了的，往后收缩，人从下上望，

---

① 琤琮（chēng cóng）：拟声词，在此指冰条撞击声。

很像处身大教堂中，顶上是一块连一块弧状的屋顶；空气中闪光点点，好像有冰晶浮游其间。据在格陵兰[①]住过的人告诉我们说，那边结冰的时候，“海就冒烟，像大火燎原一般；而且有一种雾气上升，名叫烟雾；这种烟雾有害健康，伤人皮肤，能使人手脸等处，生疮肿胀。”我们这里的寒气，虽然其冷入骨，然而质地清纯可提神，可清肺；我们不能把它认为是冻结的雾，只能认为是仲夏的雾气的结晶，经过寒冬的洗涤，越发变得清纯了。

太阳最后总算从远处的林间上升，阳光照处，空中的冰霜都融化，隐隐之中似乎有铙钹[②]伴奏，铙钹每响一次，阳光的威力逐渐增加；时间很快从黎明变成早晨，早晨也愈来愈老，很快地把西面远处的山头，镀上一层金色。我们匆匆地踏着粉状的干雪前进，因为思想感情更为激动，内心发出一种热力，天气也好像变得像十月小阳春似的温暖。假如我们能改造我们的生活，和大自然更能配合一致，我们也许就无需畏惧寒暑之侵，我们将同草木走兽一样，认大自然是我们的保姆和良友，她是永远照顾着我们的。

大自然在这个季节，特别显得纯洁，这是使我们觉得最为高兴的。残干枯木，苔痕斑斑的石头和栏杆，秋天的落叶，到现在被大雪掩没，像上面盖了一块干净的手巾。寒风一吹，无孔不入，一切乌烟瘴气都一扫而空，凡是不能坚贞自守的，都

---

① 格陵兰：世界第一大岛。位于北美洲东北部，全岛约五分之四的面积在北极圈以内。

② 铙钹（náo bó）：打击乐器。

无法抵御；因此凡是在寒冷荒僻的地方（例如在高山之顶），我们所能看得见的东西，都是值得我们尊敬的，因为它们有一种坚强的纯朴的性格——一种清教徒[①]式的坚韧。别的东西都寻求隐蔽保护去了，凡是能卓然独立于寒风之中者，一定是天地灵气之所钟，是自然界骨气的表现，它们具有和天神一般的勇敢。空气经过洗涤，呼吸进去特别有劲。空气的清明纯洁，甚至用眼睛都能看得出来；我们宁可整天处在户外，不到天黑不回家，我们希望朔风吹过光秃秃的大树一般的吹澈我们的身体，使得我们更能适应寒冬的气候。我们希望藉此能从大自然借来一点纯洁坚定的力量，这种力量对于我们一年四季都有用的。

编者注：

文章开始展现的是一个肃穆静寂的严冬之夜，万物都已经安息，空中纷纷扬扬地下着鹅毛大雪，这为清晨的雪景定下了冷峻的基调。清晨的雪景随着时间的推移和地点的转换有层次地展现。在晨光熹微中，院子里的大小树木向“四面八方伸出白色的手臂”，墙壁篱笆“向左右延伸，如跳如跃”。一个冰冷凝冻的世界竟如此生机勃勃。除了能呼吸到沁人心脾的新鲜空气之外，还能听到种种美妙的音响：从远处传来的声音“如钟声”般清越明亮，土地发出“如叩坚硬的古木”

① 清教徒：16～17世纪英国新教徒的一派，要求建立符合资产阶级利益的教会，清洗教会中的天主教残余影响，废除烦琐的宗教仪式，反对奢侈生活，坚持圣经规定的道德标准。而由于英国的宗教迫害，大部分的清教徒都逃亡到了美国。

的铿锵声，树上的冰条相互撞击的琤琮声“如流水、如妙乐”。雪地的日出“隐隐之中似乎有铙钹的伴奏”。这一切都和作者的心灵感受交织在一起，文章的字里行间无不洋溢着作者对自然的崇尚与赞美。

夏天——苏塞克斯[①]

爱德华·托马斯[②]

丘陵草原远处，白天与黑夜的空气浸透了忍冬和新干草的清香。在这里散步好，静静躺着也好；雨好，日头也好；是刮风好还是风和日丽的天气更好，我们还是让一个十二月的审判日来决定吧。一天，雨下起来，无风，所有的运动都在黑黢黢的天空错综交叉地进行；天空混沌却使大地尽头显得格外美丽，比天空更显明亮；那是因为草地的绿色与丁香在生亮，因为假升麻花的黄色在添彩，因为正在成熟的玉米在随风轻轻地摇曳。然而，到了第二天，太阳早早地热起来。潮湿的干草蒸气缭绕，散发着香甜。一团团气向南飘去，丝丝缕缕地落尽一个山谷，叶繁枝茂的紫杉暖融融如果实墙壁，黏稠的芳香从墨角兰和百里香释放出来，又被来来往往的蝴蝶扇向四方；在这鲜花和翅膀的金黄与艳紫的热烈映衬下，湿漉漉的云彩正在拥拥挤挤地

---

① 本文选自《外国散文经典100篇》，人民文学出版社2003年版。

② 爱德华•托马斯（1878—1917），英国作家，“自然”是其作品不变的主题，著有多本随笔。

飘行，穿过蓝蓝的天空，沿着起伏的山头，呈现着融化的冰雪特有的灰白颜色。云团的巨大阴影久久地笼罩在干草上方，在更加暗淡的丘谷里，风把中午前不停滴水的灌木丛吹得沙沙作响。黑夜过去的另一个早晨，蔚蓝的天空铺着高悬的白净的薄云，几阵强劲的晨风吹过，高空仿佛涟漪粼粼，云波起伏。千军万马似乎一下子停止了激战。战斗结束了，而战斗留下的所有残痕一览无余，历历在目；但是将士们放下了武器，和平在天空是广阔的，雪白的，惟有大地色彩斑斓——瞧瞧风铃草的湛蓝，蕨丛和活跃的荆豆间杂的玫瑰的浓紫，沙地上的欧石楠和毛地黄粉色一片，薄荷花酷似古色古香的丁香，白花锈线菊简直如同泡沫；水边有柳兰的桃红色，飞蓬的淡黄色，丘陵草原有龙胆的浅紫色和岩蔷薇的嫩黄色；在那些小而密的伊甸园里是无边无际的青枝绿叶，这里的荨麻和白芷和悬钩子和接骨木创造出了那些深深的小路两边斜坡上的每一个夏天。上千只雨燕上下翻飞，仿佛在群山最高处遇上了猛烈的风，掠过那个面向大海的大军营和军营的三座坟墓和苍老的荆棘，俯冲向耸立在下面玉米地老式院落周围的栗树林。

就在这些时光里，丘陵地带边际更远处升起座座云山，那里某个土地上的空中居住者似乎被引诱被迷惑住了。据传说，很久很久以前，古怪的孩童们被捉拿到地上，人们问他们如何来到这里，他们说有一天他们在一个很远的乡村放羊时，偶然闯进一个洞里，他们在洞里听见了音乐，仿佛天上的铃声，吸引他们顺着洞的通道走啊走啊，一直走到了我们的土地上；他们的眼睛只习惯太阳永远落下与夜间永远不来的一种黄昏光线，这下被八月的光亮晃得眼晕，于是躺着，茫然不知所措，被人捉拿，因为他们一时没找到凡间通向他们那个洞的进口。这番历险一准是一个不管如何安居乐业的地区传出来的小小惊奇，因为这时大地正披上了雪白的玫瑰，要么是八月正值盛期。

最后一辆干草马车在榆树之间摇摇晃晃地艰难行走，收割者和收割机还没有开始干活儿。燕麦和麦子堆成垛摆在土地上。随后，八月的绿草如烟，不在其中棕色地块上走走是很难做到的。漫游的精灵无处不在。玉米的营帐地堆垛看去如同在进行一次露营。团团白云从黄灿灿的玉米地升上来，在蓝蓝的天空行走，把它们的脸设置在某个目标。旅行者的欢乐在一棵棵榛子树上留住，在一个个小白垩石坑的上面羁绊。白色的光束和杨树和埃及榕哗啦啦作响，翻出它们叶子的银色背面，沙沙地作着告别。这条没有树篱阻拦的地道的路，在榆树下，穿过玉米地，招呼道："走正道，紧跟上。"一座座桥一次飞跃或者三次飞跃地跨过河流，桥拱多么像奔跑的猎狗拱起的身子啊！迅速散开的静谧的日落为行人脚下铺上了一条又一条道路的欢乐；黎明的巨大的空厅给人一种神一般的力量。

然而，要在这两种水火不容的欲望之间制造什么如同休战的事情是很难的，因为一种欲望要在大地上走啊走啊，不停地走下去；而另一种欲望却愿意永远安居，在一处落脚，如同在坟墓里，不与变迁发生任何关系。假如一个人收到了死亡通知，为难的是决定徒步或扬帆走到尽头，一路不见人影，或者只是同陌路擦肩而过；还是坐着——孤独地坐着——想或者不想弄出尽可能小的变化。这两种欲望会经常痛苦地换来换去。即使在这些收获的日子，难以阻挡的引诱仍然徒步不停地走在田野的一隅，走在某座山上，远远地眺望着这个世界，这些白云。麦子红得如同赤红的沙子，而麦子上方高耸着榆树，隐身的预言神灵在恳求静默，恳求一方宁静，如同它们自己那样。远处那些较小的丘陵地带上，苍白的燕麦田在幽暗的树林边沿流动；它们也提议把忘却深深地饮下，一劳永逸。然后，又一次，田野出现了——一块块田地——大量拥拥挤挤的燕麦，在白色的月亮下显得井然有序，排列在离海不远的平整的苏塞克斯土地上那些成排的榆树之间。脚下轻盈的万物与头上淡淡的月亮两相映对，幽黑的树木无以数计，仿佛那月儿悬浮在天地之间；禾束一捆捆摆置有序，它们被保护起来，但通过门道依然可见，一副不可侵犯的样子——由于它们永远满足不了身躯，却完全可以让灵魂得到满意。随后是由热而升的淡雾，这让我们想到秋天或者不是秋天，全看我们各自的性情了。整个夜间，大齿杨一直在颤动，猫头鹰在咕咕叫唱，头顶着清朗的满月，脚踩着银色的湿漉漉的露水。你爬上陡直的白垩石坡，穿过女贞和山茱萸矮林；身置散乱的杜松树间——在这种浓霾里如同黑暗中，它们把自己分成班组，一眼看去酷似向上攀爬的人、动物、怪物；在阔紫杉遮蔽下的死寂的土地上行走，由此又突然走在了乡球花发亮的小枝以及枝头的樱桃色浆果之下；走在一丛丛草皮上；随后穿过成簇的山毛榉，冷清而幽暗，如同一所教堂，静默无声；然后来到高处平坦而荒凉的玉米地，走上燧石群，走上黏土地。这里，那么多形似军旗的千里光在同样高的茎秆上诞生出来，挺挺的，一动不动，近在咫尺看得好生清澈，但稍往远处便形成了一团绿雾，再往远处这花状表面竟只剩了影影绰绰，剩下一抹闪亮了。在灰蒙蒙的湿雾下，成团成团的绿色与金色显得格外宁静，宁静得完美，尽管风在山毛榉的树梢上沙沙响动，这宁静仍有一种不朽的美，一点没有想到它们应该有什么变化，此时此刻只是幸福地陷入一种莫名的自信与安逸。但是太阳在东南获得力量。它把夜雾变成了一件飘动的衣裳，不是冷灰色或暖灰色，而是缥渺的金色。在影影绰绰的树木间，风儿发出了大海一样的呜咽；晨雾波动着，飘来飘去，飘得七零八落，成了日光的一部分，成了蓝色天幕的一部分，成了云与树与丘陵的颜色的一部分。随着湿雾散去，幽灵一样的月儿隐去，只见丘陵地带尽头是一峰纹丝不动的白云。在薄雾笼罩的日头的目光注视下，金灿灿的光亮与温暖开始在矮灌木外层那些稠密的叶子上舒舒服服地滞留下来。附近的山毛榉在鲜爽凉快的叶子间发出了新的声音，因为每一片叶子都忙着什么事情——凉爽，尽管空气本身是温暖的。斑鸠咕咕地叫唤。白白的云峰变成了丘原上一个硕大的半月状，几分裸露，在树木遮挡下又有几分鞍形；冉往远处，冉往卜方，从南边淡烟中那片海洋般辽阔的树木间闪山一座尖塔。正是一座尖塔此时此刻无疑使上千人感动，上千人在思想。记起了人与事业，但是让我心动的却只是一个念头：仅仅一百年前，一个孩子埋在了下面，小孩的母亲忍痛题写了一个牌子，告诉所有路过的人，她的儿子曾是“一个可亲可爱的孩子”。

山上的夜晚别有一番景象。榛树枝儿把低悬的满月破成了一团碎亮点。丘陵地带高高地隆向了明亮的夜空——它们一定是在自己的宁静中向上隆起的，一边还慢慢地吸着长气。月儿吊在半天空，正好悬在丘陵地带那条长长弯线的中央；丘陵上方，一条梯形白云平展开来，云脚下闪烁着一汪宽阔的塘水，丘谷的其他地方则一片漆黑，伸手不见五指，惟有几盏零散的灯历历在目，近处一块草地沐浴着月光，一眼望去像是一个湖。但是山上每片湿汲汲的叶子晶莹明亮，使悬在上面的星星黯然失色；许多叶子和叶刃上都挂着水滴，又大又亮宛如躲在幽深处的萤火虫。更大一点却不更亮的是丘谷窗户映出的三四束光亮。风息了，但是一英里长的树林从它们的叶子上下着雨，弄出了风声，每滴参差掉下的水珠从最近的枝杈坠落，清晰可闻，一种令人神往的声音，仿佛它们在一遍遍泄露阵雨的吻。空气自身沉甸甸的，如同蜂蜜酒多加了紫杉和红松和百里香的芬芳。

编者注：

自然的美只向那些敏感、细腻的心灵敞开。换句话说，你本身要有诗意，才能呼应自然的诗意，也才能在自然的怀抱里感受诗意。在爱德华·托马斯的文字中体验艺术之美，从大师的思想中体悟生命力量，聆听大师的声音感受大师的情怀，近距离感悟恒久流传的人类的智慧。

（摘自高兴主编《与花儿攀谈》前言，
北京燕山出版社 2005 年版）

民风民俗

谦让[①]

梁实秋[②]

谦让仿佛是一种美德，若想在眼前的实际生活里寻一个具体的例证，却不容易。类似谦让的事情近来似很难得发生一次。就我个人的经验说，在一般宴会里，客人入席之际，我们最容易看见类似谦让的事情。

一群客人挤在客厅里，谁也不肯先坐，谁也不肯坐首座，好像“常常登上座，渐渐入祠堂”的道理是人人所不能忘的。于是你推我让，人声鼎沸。辈分小的，官职低的，垂着手远远地立在屋角，听候调遣。自以为有占首座或次座资格的人，无不攘臂而前，拉拉扯扯，不肯放过他们表现谦让的美德的机会。有的说：“我们叙齿，你年长！”有的说：“我常来，你是稀客！”有的说：“今天非你上座不可！”事实固然是为让座，

① 本文选自《梁实秋散文》，人民文学出版社2005年版。

② 梁实秋(1903—1987)，号均默，浙江杭县（今余杭）人。我国著名的散文家、学者、文学批评家、翻译家，国内第一个研究莎士比亚的权威。著有《文艺批评论》、《雅舍小品》、《谈徐志摩》、《看云集》、《梁实秋札记》、《英国文学史》以及《莎士比亚全集》，（中译本）等等。

但是当时的声浪和唾沫星子却都表示像在争座。主人腆着一张笑脸，偶然插一两句嘴，作鹭鸶笑。这场纷扰，要直到大家的兴致均已低落，该说的话差不多都已说完，然后急转直下，突然平息，本就该坐上座的人便去就了上座，并无苦恼之象，而往往是显着踌躇满志顾盼自雄的样子。

我每次遇到这样谦让的场合，便首先想起聊斋上的一个故事：一伙人在热烈地让座，有一位扯着另一位的袖子，硬往上拉，被拉的人硬往后躲，双方势均力敌，突然间拉着袖子的手一松，被拉的那只胳臂猛然向后一缩，胳臂肘尖正撞在后面站着的一位驼背朋友的两只特别凸出的大门牙上，喀吱一声，双牙落地！我每忆起这个乐极生悲的故事，为明哲保身起见，在让座时我总躲得远远的。等风波过后，剩下的位置是我的，首座也可以，坐上去并不头晕，末座亦无妨，我也并不因此少吃一嘴。我不谦让。

考让座之风之所以如此地盛行，其故有二。第一，让来让去，每人总有一个位置，所以一面谦让，一面稳有把握。假如主人宣布，位置只有十二个，客人却有十四位，那便没有让座之事了。第二，所让者是个虚荣，本来无关宏旨，凡是半径都是一般长，所以坐在任何位置（假如是圆桌）都可以享受同样的利益。假如明文规定，凡坐过首席若干次者，在铨叙上特别有利，我想让座的事情也就少了。我从不曾看见，在长途公共汽车车站售票的地方，如果没有木制的长栅栏，而还能够保留一点谦让之风！因此我发现了一般人处世的一条道理，那便是：可以无需让的时候，则无妨谦让一番，于人无利，于己无损；在该让的时候，则不谦让，以免损己；在应该不让的时候，则必定谦让，于己有利，于人无损。

小时候读到孔融让梨的故事，觉得实在难能可贵，自愧弗如。一只梨的大小，虽然是微屑不足道，但对于一个四五岁的孩子，其重要或者并不下于一个公务员之心理盘算简、荐、委。有人猜想，孔融那几天也许肚皮不好，怕吃生冷，乐得谦让一番。我不敢这样妄加揣测。不过我们要承认，利之所在，可以使人忘形，谦让不是一件容易的事。孔融让梨的故事，发扬光大起来，确有教育价值，可惜并未发生多少实际的效果：今之孔融，并不多见。

谦让作为一种仪式，并不是坏事，像天主教会选任主教时所举行的仪式就满有趣。就职的主教照例的当众谦逊三回，口说“nolo episcopari”意即“我不要当主教”，然后照例的敦促三回终于勉为其难了。我觉得这样的仪式比宣誓就职之后再打通电话声明固辞不获要好得多。谦让的仪式行久了之后，也许对于人心有潜移默化之功，使人在争权夺利奋不顾身之际，不知不觉的也举行起谦让的仪式。可惜我们人类的文明史尚短，潜移默化尚未能奏大效，露出原始人的狰狞面目的时候要比雍雍穆穆的举行谦让仪式的时候多些。我每次从公共汽车售票处杀进杀出，心里就想先王以礼治天下，实在有理。

编者注：

梁实秋散文内容丰富、题材各异、构思精巧、文笔精巧、语言幽默、内蕴深厚、风格恬淡，充分显示了梁实秋先生的文学功底及丰富的人生阅历，从一个侧面反映了作者的思想感情及创作风格。《谦让》一文看似谈论传统美德，实则内涵颇深，对国民性的刻画不露痕迹却淋漓尽致！

［摘自《梁实秋散文》（内容简介），人民文学出版社 2005 年版］

黄昏的观前街（节选）[①]

郑振铎[②]

这条街是苏州城繁华的中心的观前街。玄妙观是到过苏州的人没有一个不熟悉的；那么粗俗的一个所在，未必有胜于北平的隆福寺，南京的夫子庙，扬州的教场。观前街也是一条到过苏州的人没有一个不曾经过的，那么狭小的一道街，三个人并列走着，便可以不让旁的人走，再加以没头苍蝇似的乱钻而前的人力车，或箩或桶的一担担的水与蔬菜，混合成了一个地道的中国式的小城市的拥挤与纷乱无秩序的情形。

然而，这一个黄昏时候的观前街，却与白昼大殊。我们在这条街上舒适的散着步，男人，女人，小孩子，老年人，摩肩接踵而过，却不喧哗，也不推拥。我所得到的苏州印象，这一次可说是最好。——从前不曾于黄昏时候在观前街散步过。半

---

① 本文选自《郑振铎文集》（第二卷），人民文学出版社1963年版。

② 郑振铎（1898—1958），生于浙江温州，原籍福建长乐。我国现代杰出的爱国主义者和社会活动家，著名作家、诗人、学者。著有短篇小说集《家庭的故事》、《桂公塘》，散文集《山中杂记》，专著《文学大纲》、《插图本中国文学史》等。

里多长的一条古式的石板街道，半部车子也没有，你可以安安稳稳的在街心踱方步。灯光耀耀煌煌的，铜的，布的，黑漆金字的市招，密簇簇的排列在你的头上，一举手便可触到了几块。茶食店里的玻璃匣，亮晶晶的在繁灯之下发光，照得匣内的茶食通明的映入行人眼里，似欲伸手招致他们去买几色苏制的糖食带回去。野味店的山鸡野兔，已烹制的，或尚带着皮毛的，都一串一挂地悬在你的眼前——就在你的眼前，那香味直扑到你的鼻上。你在那里，走着，走着。你如走在一所游艺园中，你如在暮春三月，迎神赛会的当儿，挤在人群里，跟着他们跑，兴奋而感到浓趣。你如在你的少小时，大人们在做寿，或娶亲，地上铺着花毯，天上张着锦幔，长随打杂老妈丫头，客人的孩子们，全都穿戴着崭新的衣帽，穿梭似的进进出出，而你在其间，随意地玩耍，随意地奔跑。你白天觉得这条街狭小，在这时，你才觉得这条街狭小得妙。她将你紧压住了，如夜间将自己的手放在心头，做了很刺激的梦；她将所有的宝藏，所有的繁华，所有的可引动人的东西，都陈列在你的面前，即在你的眼下，相去不到三尺左右，而另用一种黄昏的灯纱笼罩了起来，使他们更显得隐约而动情，如一位对窗里面的美人，如一位躲于绿帘后的少女。她假如也像别的都市的街道那样的开朗阔大，那么，你便将永远感不到这种亲切的繁华的况味，你便将永远受不到这种紧紧的箍压于你的全身，你的全心的燠暖[①]而温馥的情趣了。你平常觉得这条街闲人太多，过于拥挤，在这时却

---

① 燠（yù）暖：暖，热。

正显得人多的好处。你看人，人也看你；你的左边是一位时装的小姐，你的右边是几位随了丈夫、父亲上城的乡姑，你的前面是一二位步履维艰的道地的苏州老，一二位尖帽薄履的苏式少年，你偶然回过头来，你的眼光却正碰在一位容光射人、衣饰华丽的少奶奶的身上。你的团团转转都是人，都是无关系的无关心的最驯良的人；你可以舒舒适适的踱着方步，一点也不用担心什么。这里没有乘机的偷盗，没有诱人入魔窟的“指导者”，也没有什么风驰电掣、左冲右撞的一切车子。每一个人都是那么安闲地散着步，散着步；川流不息地在走，肩摩踵接地在走，他们永不会猛撞着你身上而过。他们是走得那么安闲，那么小心。你假如偶然过于大意的撞了人，或踏了人的足——那是极不经见的事！他们抬眼望了望你，你对他们点点头，表示歉意，也就算了。大家都感到一种亲切，一种无损害，一种无忧无虑的生活；大家都似躲在一个乐园中，在明月之下，绿林之间，悠闲地微步着，忘记了园外的一切。

那么鳞鳞比比的店房，那么密密接接的市招，那么耀耀煌煌的灯光，那么狭狭小小的街道，竟使你抬起头来，看不见明月，看不见星光，看不见一丝一毫的黑暗的夜天。她使你不知道黑暗，她使你忘记了这是夜间。啊，这样的一个“不夜之城”！

“不夜之城”的巴黎，“不夜之城”的伦敦，你如果要看，你且去歌剧院左近走着，你且去辟加德莱园散步，准保你不会有一刻半秒的安逸；你得时时刻刻地担心，时时刻刻地提防着，大都市的灾害，是那么多，每个人都是匆匆的走马灯似的向前走，你也得匆匆地走；每个人都是紧张着，矜持着，你也自然得会紧张着，矜持着。你假如走惯了黄昏时候的观前街，你在那里准得要吃大苦头。除非你已将老脾气改得一干二净。你假如为店铺中的窗中的陈列品所迷住了，譬如说，你要站住了仔仔细细地看一下，你准得要和后面的人猛碰一下，他必定要诧异地望望你，虽然嘴里说的是“对不起”。你也得说：“对不起”，然而你也饱受了他，以至他们的眼光的奚落。你如走到了歌剧院的阶前，你如走到了那尔逊的像下，你将见斗大的一个个市招或广告牌，在闪闪发光；一片的灯光，映射得半个天空红红的。然而那里却是如此的开朗敞阔、建筑物又是那么的宏伟，人虽拥挤，却是那样的藐小可怜，出租汽车和公共汽车也如小甲虫似的，如红蚁似的在一连串地走着。大半个天空是黑漆漆的，几颗星在冷冷地眨着眼看人。大都市的荣华终敌不住黑夜的侵袭。你在那里，立了一会，只要一会，你便将完全的领受到夜的凄凉了。像观前街那样的燠暖温馥之感，你是永远得不到的。你在那里是孤单的，是寂寞的，算不定会有什么飞灾横祸光临到你身上，假如你一不小心。像在观前街的那么舒适无虑的亲切的感觉，你也是永远不会得到的。

有观前街的燠暖温馥与亲切之感的大都市，我只见到了一个威尼斯；即在威尼斯的圣马克方场（St.Mark）的左近。那里也是充满了闲人，充满了紧压在你身上的燠暖的情趣的；街道也是那么狭小，也许更要狭，行人是那么拥挤，也许更要拥挤，灯光也是那么辉辉煌煌的，也许更要辉煌。有人口口声声地称呼苏州为东方的威尼斯；别的地方，我看不出，别的时候，我看不出，在黄昏时候的观前街，我却深切地感到了。——虽然观前街少了那么弘丽的圣马克方场（Piazza of St.Mark），少了那么轻妙的此奏彼息的乐队。

编者注：

作者喜爱黄昏时分的观前街，只因为它给人一种“燠暖温馥”的感觉——从中我们不难捕捉到作者的心曲：在时局动荡不安、人民生活困苦不堪的时候，苏州观前街的平和与温暖多么让人留恋！

扬州的夏日[①]

朱自清[②]

扬州从隋炀帝以来，是诗人文士所称道的地方；称道的多了，称道的久了，一般人便也随声附和起来。直到现在，你若向人提起扬州这个名字，他会点头或摇头说："好地方！好地方！"特别是没去过扬州而念过些唐诗的人，在他心里，扬州真像蜃楼海市一般美丽；他若念过《扬州画舫录》一类书，那更了不得了。但在一个久住扬州像我的人，他却没有那么多美丽的幻想，他的憎恶也许掩住了他的爱好；他也许离开了三四年并不去想它。若是想呢，——你说他想什么？女人，不错，这似乎也有名，但怕不是现在的女人吧？——他也只会想着扬州的夏日，虽然与女人仍然不无关系的。

北方和南方一个大不同，在我看，就是北方无水而南方有。诚然，北方今年大雨，永定河、大清河甚至决了堤防，但这并

① 本文选自《你我》，商务印书馆1936年版。

② 朱自清（1898—1948），原名自华，字佩弦，号秋实，原籍浙江绍兴，生于江苏海州，后定居扬州，自称"我是扬州人"。现代散文家、诗人，著有《踪迹》、《背影》、《欧游杂记》等。

不能算是有水；北平的三海和颐和园虽然有点儿水，但太平衍了，一览而尽，船又那么笨头笨脑的。有水的仍然是南方。扬州的夏日，好处大半便在水上——有人称为“瘦西湖”，这个名字真是太“瘦”了，假西湖之名以行，“雅得这样俗”，老实说，我是不喜欢的。下船的地方便是护城河，曼衍开去，曲曲折折，直到平山堂，——这是你们熟悉的名字——有七八里河道，还有许多杈杈桠桠的支流。这条河其实也没有顶大的好处，只是曲折而有些幽静，和别处不同。

沿河最著名的风景是小金山，法海寺，五亭桥；最远的便是平山堂了。金山你们是知道的，小金山却在水中央。在那里望水最好，看月自然也不错——可是我还不曾有过那样福气。“下河”的人十之九是到这儿的，人不免太多些。法海寺有一个塔，和北海的一样，据说是乾隆皇帝下江南，盐商们连夜督促匠人造成的。法海寺著名的自然是这个塔；但还有一桩，你们猜不着，是红烧猪头。夏天吃红烧猪头，在理论上也许不甚相宜；可是在实际上，挥汗吃着，倒也不坏的。五亭桥如名字所示，是五个亭子的桥。桥是拱形，中一亭最高，两边四亭，参差相称；最宜远看，或看影子，也好。桥洞颇多，乘小船穿来穿去，另有风味。

平山堂在蜀冈上。登堂可见江南诸山淡淡的轮廓；“山色有无中”一句话，我看是恰到好处，并不算错。这里游人较少，闲坐在堂上，可以永日。沿路光景，也以闲寂胜。从天宁门或北门下船。蜿蜒的城墙，在水里倒映着苍黝的影子，小船悠然地撑过去，岸上的喧扰像没有似的。

船有三种：大船专供宴游之用，可以挟妓或打牌。小时候常跟了父亲去，在船里听着谋得利洋行的唱片。现在这样乘船的大概少了吧？其次是“小划子”，真像一瓣西瓜，由一个男人或女人用竹篙撑着。乘的人多了，便可雇两只，前后用小凳子跨着：这也可算得“方舟”了。后来又有一种“洋划”，比大船小，比“小划子”大，上支布篷，可以遮日遮雨。“洋划”渐渐地多，大船渐渐地少，然而“小划子”总是有人要的。这不独因为价钱最贱，也因为它的伶俐。一个人坐在船中，让一个人站在船尾上用竹篙一下一下地撑着，简直是一首唐诗，或一幅山水画。而有些好事的少年，愿意自己撑船，也非“小划子”不行。“小划子”虽然便宜，却也有些分别。譬如说，你们也可想到的，女人撑船总要贵些；姑娘撑的自然更要贵喽。这些撑船的女子，便是有人说过的“瘦西湖上的船娘”。船娘们的故事大概不少，但我不很知道。据说以乱头粗服，风趣天然为胜；中年而有风趣，也仍然算好。可是起初原是逢场作戏，或尚不伤廉惠；以后居然有了价格，便觉意味索然了。

北门外一带，叫做下街，“茶馆”最多，往往一面临河。船行过时，茶客与乘客可以随便招呼说话。船上人若高兴时，也可以向茶馆中要一壶茶，或一两种“小笼点心”，在河中喝着，吃着，谈着。回来时再将茶壶和所谓小笼，连价款一并交给茶馆中人。撑船的都与茶馆相熟，他们不怕你白吃。扬州的小笼点心实在不错：我离开扬州，也走过七八处大大小小的地方，还没有吃过那样好的点心；这其实是值得惦记的。茶馆的地方大致总好，名字也颇有好的。如香影廊，绿杨村，红叶山庄，都是到现在还记得的。绿杨村的幌子，挂在绿杨树上，随风飘展，使人想起“绿杨城郭是扬州”的名句。里面还有小池，丛竹，茅亭，景物最幽。这一带的茶馆布置都历落有致，迥非上海、北平方方正正的茶楼可比。

“下河”总是下午。傍晚回来，在暮霭朦胧中上了岸，将大褂折好搭在腕上，一手微微摇着扇子；这样进了北门或天宁门走回家中。这时候可以念“又得浮生半日闲”那一句诗了。

（1929 年）

编者注：

江南，水乡，扬州。一个给文人无限遐想，又被文人赋予无限遐想的地方，一个带有脂粉烟花味道的地方。水是扬州风景的核心，也是这座城市的灵魂，它维系着人们的生活，同时也成就了这座城市。城市依水而建，人们逐水而居，水已经融入了人们的日常生活之中。船行水上，思绪也如流水一般绵延，清澈。三五友人，宴游水上，品尝着美味的茶食，品味着水乡的味道。

（摘自蔡元培、林语堂、胡适等著《百年老课文》，哈尔滨出版社 2005 年版）

市集①

沈从文②

廉纤的毛毛细雨，在天气还没有大变以前欲雪未能的时节，还是霏霏微微落将下来。一个小小乡场，位置在又高又大陡斜的山脚下，前面濒着的河，被如烟如雾雨丝织成的帘幕，一起把它蒙罩着了。

照例的三八市集，还是照例的有好多好多乡下人，小田主，买鸡到城里去卖的小贩子，花幞头大耳环丰姿隽逸的苗姑娘，以及一些穿灰色号褂子口上说是来察场讨人烦腻的副爷们，与穿高筒子老牛皮靴的团总，各从附近的乡村来做买卖。他们的草鞋底半路上带了无数黄泥浆到集上来，又从场上大坪坝内带了不少的灰色浊泥归去。去去来来，人也数不清多少。

集上的骚动，吵吵闹闹，凡是到过南方（湖湘以西）乡下

---

①本文原载于焦菊隐1925年主编的《燕大周刊》。

②沈从文（1902—1988），原名沈岳焕，湖南凤凰人，苗族。现代小说家、散文家、历史文物研究家。著作宏富，小说及小说集有《阿黑小史》、《边城》、《月下小景》、《八骏图》等，散文集有《湘行散记》、《湘西》、《在昆明的时候》、《从文自传》等，论文集有《中国古代服饰研究》、《中国丝绸图案》等。

的人，是都会知道的。

倘若你是由远远的另一处地方听着，那种喧嚣的起伏，你会疑心到是滩水流动的声音了！

这种洪壮的潮声，还只是一般做生意人在讨论价钱时很和平的每个论调而起。就中虽也有遇到卖牛的场上几个人像唱戏黑花脸出台时那么大喊大嚷找经纪人，也有因秤上不公允而起口角——你骂我一句娘，我又骂你一句娘，你又骂我一句娘……然而究竟还是因为人太多，一两桩事，实在是万万不能做到的！

卖猪的场上，他们把小猪崽的耳朵提起来给买主看时，那种尖锐的嘶喊声，使人听来不愉快至于牙齿根也发酸。

卖羊的场上，许多美丽驯服的小羊儿咩咩地喊着。一些不大守规矩的大羊，无聊似的，两个把前蹄举起来，作势用前额相碰。大概相碰是可以驱逐无聊的，所以第一次訇的碰后，却又作势立起来为第二次预备。牛场却单独占据在场左边一个大坪坝，因为牛的生意在这里占了全部交易四分一以上。那里四面搭起无数小茅棚（棚内卖酒卖面），为一些成交后的田主们喝茶喝酒的地方。那里有大锅大锅煮得“稀糊之烂”的牛脏类下酒物，有大锅大锅香喷喷的肥狗肉，有从总兵营一带担来卖的高粱烧酒；也还有城里馆子特意来卖面的。假若你是城里人来这里卖面，他们因为想吃香酱油的缘故，都会来你馆子，那么，你生意便比其他铺子要更热闹了。

到城里时，我们所见到的东西，不过小摊子上每样有一点罢了！这里可就大不相同。单单是卖鸡蛋的地方，一排一排地摆列着，满箩满筐的装着，你数过去，总是几十担。辣子呢，都是一屋一屋搁着。此外干了的黄色草烟，用为染坊染布的五倍子和栎木皮，还未榨出油来的桐茶子，米场白濛白濛了的米，屠桌上大只大只失了脑袋刮得净白的肥猪，大腿大腿红腻腻还在跳动的牛肉……都多得怕人。

不大宽的河下，满泊着载人载物的灰色黄色小艇，一排排挤挤挨挨的相互靠着也难于数清。

集中是没有什么统系制度。虽然在先前开场时，总也有几个地方上的乡约伯伯，团总，守汛的把总老爷，口头立了一个规约，卖物的照着生意大小缴纳千分之几——或至万分之几，但也有百分之几——的场捐，或经纪佣钱，棚捐，不过，假若你这生意并不大，又不须经纪人，则不须受场上的拘束，可以自由贸易了。

到这天，做经纪的真不容易！脚底下笼着他那双厚底高筒的老牛皮靴子（米场的），为这个爬斗；为那个倒箩筐。（牛羊场的）一面为这个那个拉拢生意，身上让卖主拉一把，又让买主拉一把；一面又要顾全到别的地方因争持时闹出岔子的调排，委实不是好玩的事啊！大概他们声音都略略嚷得有点嘶哑，虽然时时为别人扯到馆子里去润喉。不过，他今天的收入，也就很可以酬他的劳苦了。

……

因为阴雨，又因为做生意的人各都是在别一个村子里住家，有些还得在散场后走到二三十里路的别个乡村去；有些专靠漂场生意讨吃的还待赶到明天那个场上的生意，所以散场很早。

不到晚炊起时，场上大坪坝似乎又觉得宽大空阔起来了！……再过些时候，除了屠桌下几只大狗在啃嚼残余因分配不平均在那里不顾命的奋斗外，便只有由河下送来的几声清脆篙声了。

归去的人们，也间或有骑着家中打篩的雌马，马项颈下挂着一串小铜铃叮叮当当跑着的，但这是少数；大多数还是赖着两只脚在泥浆里翻来翻去。他们总笑嘻嘻的担着箩筐或背一个大竹背笼，满装上青菜，萝卜，牛肺，牛肝，牛肉，盐，豆腐，猪肠子一类东西。手上提的小竹筒不消说是酒与油。有的拿草绳套着小猪小羊的颈项牵起忙跑；有的肩膊上挂了一个毛蓝布绣有白四季花或“福”字“万”字的褡裢，赶着他新买的牛（褡裢内当然已空）；有的却是口袋满装着钱心中满装着欢喜，——这之间各样人都有。

我们还有机会可以见到许多令人妒羡，赞美，惊奇，又美丽，又娟媚，又天真的青年老奶（苗小姐）和阿玡（苗妇人）。

一九二五年三月二十日于窄而霉小斋作

编者注：

沈从文笔下的乡土，生动有爱。三八市集，热闹而骚动，草鞋底下泥浆由黄色变成了灰色，人们在流动中进行着商品的交易。在作者的笔下，场景不断地变换，从牲畜交易的场所到卖酒卖面的茅棚，从城里的馆子到路边摊位的交易。作者用声音、色彩以及人们的谈话、动作，多侧面、多角度地为我们描绘了一幅生动的民俗风景画。

（摘自蔡元培、林语堂、胡适等著《百年老课文》，哈尔滨出版社 2005 年版）

呼兰河传（节选）[①]

萧红[②]

严冬一封锁了大地的时候，则大地满地裂着口。从南到北，从东到西，几尺长的，一丈长的，还有好几丈长的，它们毫无方向地，便随时随地，只要严冬一到，大地就裂开口了。

严寒把大地冻裂了。

年老的人，一进屋用扫帚扫着胡子上的冰溜，一面说："今天好冷啊！地冻裂了。"

赶车的车夫，顶着三星，绕着大鞭子走了六七十里，天刚蒙亮，进了大车店，第一句话就向客栈掌柜的说："好厉害的天啊！小刀子一样。"等进了栈房，摘下狗皮帽子来，抽一袋烟之后，伸手去拿热馒头的时候，那伸出来的手在手背上有

---

① 本文选自《呼兰河传》，桂林河山出版社1941年版。

② 萧红（1911—1942），1911年生于黑龙江省哈尔滨市呼兰区。著名女作家，被誉为"30年代文学洛神"。1935年，在鲁迅的支持下，发表了成名作《生死场》。1936年，为摆脱精神上的苦恼东渡日本，并写下了散文《孤独的生活》，长篇组诗《砂粒》等。1940年与端木蕻良同抵香港，之后发表了中篇小说《马伯乐》和著名长篇小说《呼兰河传》。

无数的裂口。

人的手被冻裂了。

卖豆腐的人清早起来沿着人家去叫卖，偶一不慎，就把盛豆腐的方木盘贴在地上拿不起来了，被冻在地上了。

卖馒头的老头，背着木箱子，里边装着热馒头，太阳一出来，就在街上叫唤。他刚一从家里出来的时候，他走的快，他喊的声音也大。可是过不了一会，他的脚上挂了掌子了，在脚心上好像踏着一个鸡蛋似的，圆滚滚的。原来冰雪封满了他的脚底了。他走起来十分的不得力，若不是十分的加着小心，他就要跌倒了。就是这样，也还是跌倒的。跌倒了是不很好的，把馒头箱子跌翻了，馒头从箱底一个一个的滚了出来。旁边若有人看见，趁着这机会，趁着老头子倒下一时还爬不起来的时候，就拾了几个一边吃着就走了。等老头子挣扎起来，连馒头带冰雪一起拣到箱子去，一数，不对数。他明白了。他向着那走不太远的吃他馒头的人说：“好冷的天，地皮冻裂了，吞了我的馒头了。”

行路人听了这话都笑了。他背起箱子来再往前走，那脚下的冰溜，似乎是越结越高，使他越走越困难，于是背上出了汗，眼睛上了霜，胡子上的冰溜越挂越多，而且因为呼吸的关系，把破皮帽子的帽耳朵和帽前遮都挂了霜了。这老头越走越慢，担心受怕，颤颤惊惊，好像初次穿上滑冰鞋，被朋友推上了溜冰场似的。

小狗冻得夜夜的叫唤，哽哽的，好像它的脚爪被火烧着一样。

天再冷下去：

水缸被冻裂了；

井被冻住了；

大风雪的夜里，竟会把人家的房子封住，睡了一夜，早晨起来，一推门，竟推不开门了。

大地一到了这严寒的季节，一切都变了样，天空是灰色的，好像刮了大风之后，呈着一种混沌沌的气象，而且整天飞着清雪。人们走起路来是快的，嘴里边的呼吸，一遇到了严寒好像冒着烟似的。七匹马拉着一辆大车，在旷野上成串的一辆挨着一辆地跑，打着灯笼，甩着大鞭子，天空挂着三星。跑了两里路之后，马就冒汗了。再跑下去，这一批人马在冰天雪地里边竟热气腾腾的了。一直到太阳出来，进了栈房，那些马才停止了出汗。但是一停止了出汗，马毛立刻就上了霜。

人和马吃饱了之后，他们再跑。这寒带的地方，人家很少，不像南方，走了一村，不远又来了一村，过了一镇，不远又来了一镇。这里是什么也看不见，远望出去是一片白。从这一村到那一村，根本是看不见的。只有凭了认路的人的记忆才知道是走向了什么方向。拉着粮食的七匹马的大车，是到他们附近的城里去。载来大豆的卖了大豆，载来高粱的卖了高粱。等回去的时候，他们带了油、盐和布匹。

编者注：

茅盾先生说“《呼兰河传》是一篇叙事诗，一幅多彩的风景画，一串凄婉的歌谣。”

萧红不仅以朴实细腻的笔法，描绘了自己的童年生活，而且也真实生动地勾勒出故乡人民的生活场景。她用素描的手法，朴素地描绘出东北农村那种富有地方色彩的风俗画：大地冻裂了口子，后花园荒凉了，看台下的人声鼎沸，有二伯、冯歪嘴子、小团园媳妇等。节选部分描绘了位于东北的呼兰河冬天的天寒地冻的情形，这种寒冷是深入骨髓的，是大自然对生命的掠夺和掠杀，呼兰河人民就在这样的自然条件下生长，他们默默承担、忍受，生命也变得坚韧与麻木，无论如何，小城的日子就这样过着，《呼兰河传》就如同一条岁月的河流，缓缓流过人们的心间，留下一种淡淡的悲凉。

（摘自孙鹏《萧红笔下的“呼兰河”》）

我生命中那段忧伤的故事①

西蒙·威森塔尔②

阿瑟昨晚说什么？一下子真记不起来了。好像是件很重要的事。唉，要是当时没那么困就好了！

我站在阅兵场上。囚犯们刚分领完早餐，正在慢腾腾地排队。所谓“早餐”，不过是一种带苦味的黑汤。也亏集中营厨师们说得出口，他们把这种汤叫做“咖啡”。为了赶上点名，囚犯们一边喝着这种黑汤，一边排队集合。

我没有去领我那份儿“咖啡”。我不想在人堆儿里挤。对于党卫队中的虐待狂们来说，厨房前的这一小块儿空地是个理想的狩猎场所。通常，他们总是藏在小屋里。一旦有需要，他

① 本文选自《宽恕》，天津人民出版社1998年版。

② 西蒙·威森塔尔(1908—2005)，出生于乌克兰境内的利沃夫，是“二战”中纳粹者对犹太种族灭绝大屠杀中的幸存者，大屠杀使他失去了89位亲人。“二战”后，他致力于追踪众多漏网的纳粹战犯，在他的努力下，大约1100名纳粹战犯被送上法庭，是名副其实的“纳粹猎手”！获奥地利和法国的抵抗运动勋章、荷兰自由勋章、奥地利总统授予的金十字勋章等。根据西蒙·威森塔尔传奇经历改编的电影有《奥德赛档案》（1974年）、《巴西来的孩子》（1978年）。

们就会像老鹰扑食一般冲向无所依恃的囚犯。每天都有这样的受害者，这已经成了一个固定节目。

大家一言不发地排着队，等着点名。这种场合不免萦绕着各种危险。不过，现在我没有心思去考虑这些危险。我陷入了回忆之中，想尽力记起昨晚的谈话内容。

噢，想起来了！

两年多过去了。这两年多完全是被苦难和死亡的幽灵纠缠着。有一次我差点儿被击毙，但是我还是奇迹般地活了下来。有了这一次经历，我也就明白了人在面临死亡时的想法。

阿瑟已经不在世了。一场流行性伤寒带走了他的生命。他死在我的怀中。他在死亡线上挣扎时我紧紧搂着他，用一块布揩去他口边的白沫，在他生命的最后几个小时，高烧使他昏迷不醒，他很悲惨地结束了生命。

随后有一天，亚当在工作时扭伤了脚踝。在他和劳动小组一起前行时，哨兵发现了他有一点儿跛。他马上被淘汰出来送进了“管道”。在那里他待了两天，随后和其他几个人一起被枪毙。

约塞克也死了。不过我只是在很久以后才听说的。我们这个队被送到东部铁路线并驻扎在那里。有一天从集中营又派来了一支劳动队伍。我发现约塞克就在这个队里。我可以关心他一点儿了。我们和外界有些联系，可以得到更多的食物。我请求我们的“犹太工头”把约塞克和我们安排到一起。但这几乎是不可能的。我们又想法说服监工，让我们多在铁路线上工作。但是这也失败了。

随后有一天，那支增派的劳动队伍里没有了约塞克。他生病了，被安排到了集中营工作。他发了高烧，经常体力不支，不得不停下来休息。党卫队员一走近，他的同伴就提醒他打起精神。可是约塞克太虚弱了，已经站不起来了。一梭子弹结束了他的生命——据说是为了惩罚他的“懒惰”。

那些年我认识的人中，几乎没有一个人活下来。我的死期显然还没有到，死神还不需要我。

苏联红军向西挺进时，德国人向后撤退。我们撤出了集中营，一大队囚徒和党卫队哨兵向西往其它集中营转移。我被送进了恐怖的普拉绍夫集中营；我开始知道格罗斯一罗森和布痕瓦尔德集中营。最后，经过无数次辗转，经过无数个临时集中营，我被送到了茅特豪森。

我被直接送到了第6营，死亡之营。虽然毒气室在全力运转使用，但是仍赶不上等待送进毒气室的人数的急剧增加。从早到晚，焚尸炉上空总悬挂着一大团烟云，证明死亡工业在全力进行。

没必要把死亡的“自然”进程提前。为什么会有这么多炉的尸体？缺乏营养，疲劳，疾病，这些东西自身常常是无害的，但是却可以带来一大批身体虚弱的囚徒，可以更缓慢、更稳定地把尸体源源不断地送进焚尸炉。

我们第6营的囚徒不再需要去工作。我们也几乎见不到党卫队员，只能见到死尸。每隔一段时间，就由那些还有些力气的同伴把死尸运进来。随后，新来的人就又代替了他们。

我们饿得几乎无法忍受。每天的食物特别少。我们每天可以在外边待上一小会儿。一到室外，我们就一头扎在地上，去拔地上那少得可怜的青草，像牲畜那样把它吃掉。经过这样的"放风"，搬尸工就更忙了，因为很难有人能消化掉这种"食物"。尸体被码在手推车上，不断线儿地推走。

在这儿的集中营里，我有时间去想了。很显然，德国人的末日已经临近。可是我们的末日也快到了。凶杀机器已经自己在疯狂地运转了，正在清除着这可怕罪行的最后证人。我的推测后来被证实了：确实有一套完整的计划，准备在美国人赶到集中营之前把我们全部消灭掉。

"只有半个小时就要自由了，但是只有15分钟就该我们死了。"有一个人这么说。

我躺在自己的铺上，瘦得像一具骷髅。我看什么都看不清，就像是隔着帘子在看。我想，这大概是饥饿所导致的。随后我就一直处在昏昏迷迷的状态。一天晚上，似睡非睡的，在里木堡医院里碰到的那位党卫队员又出现了。我几乎已经全把他给忘了，还有很多很重要的事，况且，饥饿也已经使人思维迟钝。我意识到我只能再活几天，至多再活几周。就在这时候，我又记起了那名党卫队员，记起了他的忏悔。他的眼睛不再隐蔽；一双眼睛从绷带的小孔中露出来，直盯着我。眼神里满含着愤怒。他把一样东西提到我面前——那是我拒绝从护士手里接过来的包裹。我在梦中肯定惊叫了起来。那天晚上是一名医生值班儿。这名医生来自克拉科夫，是一位年轻的犹太人，我经常和他谈话。

直到今天我还搞不明白，为什么第6营里还会有医生。他帮不了我们，因为他全部的药物不过就是些叫不上名字的红粉片儿和一些小纸团。不过对当局来说这已经足够了，因为他们可以谎称还有一个医生在照看第6营的1500名囚犯。

“你怎么了？”医生问。我发现他站在我床边。我们4个人睡一个铺。很显然，其他3个人已经醒了。

“你怎么了？”他又问道。

“我做了一个梦。”

“做梦？我倒真希望我还能做梦。”他安慰道。“我睡觉时老希望我能做一个梦，能够把我从这里带走。可是我总是做不来梦。我睡得很香，但是从来不做梦。你做了一个好梦吗？”

“我梦见了一名死去的党卫队员。”我说。

我知道他不理解我最后说的这句话，我身体又太虚弱了，没力气把整个故事讲给他听。不过给他讲了又有多大意义呢？我们谁也不能从这间死牢里逃脱。

于是我就没再说什么了。

编者注：

《宽恕》讲述了这样一件事："二战"期间，作者西蒙·威森塔尔被关在纳粹集中营，过着非人的日子，全家有89名亲属死于纳粹的屠杀。某次，西蒙被纳粹指派前往医院清理垃圾，一个濒临死亡的党卫队员卡尔要求西蒙接受他的忏悔。在一次屠杀犹太人的行动中，卡尔把犹太男人、女人、小孩赶进一座建筑，然后点火焚烧，从滚滚烈焰中跳出来的大人和孩子全部被党卫队员无情地射杀，卡尔也射出了罪恶的子弹。西蒙在听卡尔讲述的过程中，一直保持着沉默，没有回应一个字。

"二战"结束后，西蒙始终觉得内心不安：在纳粹党徒临终前要求宽恕的时候，自己的沉默究竟是对还是错，该不该宽恕？西蒙请读者设身处地地回答这个问题："我要是遇到这样的事情，我会怎么做？"

1976年，《宽恕》第一次出版，不久作为学生教材被欧美国家广泛采用。许多神学家、政治领袖、道德领袖、作家分别从各自的角度回应了西蒙提出的问题，每一位回应者都得设想自己是生活在集中营里的囚徒，面对的是纳粹的滔天罪行。处在这样的生存环境里，选择宽恕合适吗？对受害者意味着什么，对犯罪者又意味着什么？

（摘自《西蒙·威森塔尔的沉默——读〈宽恕〉》2009年）

往事如烟

淡淡的血痕中
——记念几个死者和生者和未生者[①]

鲁迅

目前的造物主，还是一个怯弱者。

他暗暗地使天变地异，却不敢毁灭一个这地球；暗暗地使生物衰亡，却不敢长存一切尸体；暗暗地使人类流血，却不敢使血色永远鲜浓；暗暗地使人类受苦，却不敢使人类永远记得。

他专为他的同类——人类中的怯弱者——设想，用废墟荒坟来衬托华屋，用时光来冲淡苦痛和血痕；日日斟出一杯微甘的苦酒，不太少，不太多，以能微醉为度，递给人间，使饮者可以哭，可以歌，也如醒，也如醉，若有知，若无知，也欲死，也欲生。他必须使一切也欲生；他还没有灭尽人类的勇气。

几片废墟和几个荒坟散在地上，映以淡淡的血痕，人们都在其间咀嚼着我的渺茫的悲苦。但是不肯吐弃，以为究竟胜于空虚，各各自称为“天之僇民”，以作咀嚼着人的渺茫的悲痛

① 本文选自《野草》，人民文学出版社2006年版。

的辩解，而且悚息着静待新的悲痛的到来。新的，这就使他们恐惧，而且又渴望相遇。

这都是造物主的良民。他需要这样。

叛逆的猛士出于人间；他屹立着，洞见一切已改和现有的废墟和荒坟，记得一切深广和久远的苦痛，正视一切重叠淤积的凝血，深知一切已死，方生，将生和未生。他看透了造化的把戏；他将要起来使人类苏生，或者使人类灭尽，这些造物的良民们。

造物主，怯弱者，羞惭了，于是伏藏。天地在猛士的眼中于是变色。

编者注：

《淡淡的血痕中》选自散文诗集《野草》，时值"三·一八"① 惨案发生，在一种强烈的愤怒情绪下，作者写下了这篇充满战斗精神的文章。

① 三•一八惨案，发生在1926年，冯玉祥国民军与奉军作战期间，大沽口守军炮击日本军舰，日本等国认为违反《辛丑和约》，对北洋政府提出抗议。由中国国民党与中国共产党共同在北京发动群众与学生运动，进入天安门抗议帝国主义，要求废除所有不平等条约，造成北洋政府以武力镇压。这是国共两党最早联合进行的一次反帝反军阀抗议活动。

清河坊[①]

俞平伯[②]

山水是美妙的俦侣，而街市是最亲切的。它和我们平素十二分稔熟，自从别后，竟毫不踌躇，蓦然闯进忆之域了。我们追念某地时，山水的清音，其浮涌于灵府间的数和度量每不敌城市的喧哗，我们大半是俗骨哩（至少我是这么一个俗子）！白老头儿舍不得杭州，却说“一半勾留为此湖”；可见西湖在古代诗人心中，至多也只沾了半面光。那一半儿呢？谁知道是什么！这更使我胆大，毅然于西湖以外，另写一题曰“清河坊”。读者若不疑我为火腿茶叶香粉店作新式广告，那再好没有。

我决不想描写杭州狭陋的街道和店铺，我没有那般细磨细琢的工夫，我没有那种收集零丝断线织成无缝天衣的本领，我只得藏拙。我所亟亟要显示的是淡如水的一味依恋，一种茫茫

① 本文选自《俞平伯散文》，浙江文艺出版社2000年版。
② 俞平伯（1900—1990），原名俞铭衡，字平伯。现代诗人、作家、红学家，清代朴学大师俞樾的曾孙，与胡适并称“新红学派”的创始人。他出身名门，早年以新诗人、散文家享誉文坛。他积极参加五四新文化运动，精研中国古典文学，执教于著名学府，是一位热忱的爱国者和具有高尚情操的知识分子。曾在杭州第一师范学校执教。

无羁泊的依恋，一种在夕阳光里，街灯影傍的依恋。这种委婉而入骨三分的感触，实是无数的前尘前梦酝酿成的，没有一桩特殊事情可指点，也不是一朝一夕之功。我实在不知从何说起，但又觉得非说不可。环问我："这种窘题，你将怎么做？"我答："我不知道是怎样做，我自信做得下去。"

人和"其他"外缘的关联，打开窗子说亮话，是没有那回事。真的不可须臾离的外缘是人与人的系属，所谓人间便是。我们试想：若没有飘零的游子，则西风下的黄叶，原不妨由它们哗哗自已去响着。若没有憔悴的女儿，则枯干了的红莲花瓣，何必常夹在诗集中呢？人万一没有悲欢离合，月即使有阴晴圆缺，又何为呢？怀中不曾收得美人的倩影，则入画的湖山，其黯淡又将如何呢？……一言蔽之，人对于万有的趣味，都从人间趣味的本身投射出来的。这基本趣味假如消失了，则大地河山及它所有的兰因絮果毕落于渺茫了。在此我想注释我在《鬼劫》中一句费解的话："一切似吾生，吾生不似那一切。"

离题已远，快回来吧！我自述鄙陋的经验，还要"像煞有介事"，不又将为留学生所笑乎？其实我早应当自认这是幻觉，一种自骗自的把戏。我在此所要解析的，是这种幻觉怎样构成的。这或者虽在通人亦有所不弃吧。

这儿名说是谈清河坊，实则包括北自羊坝头，南至清河坊这一条长街。中间的段落各有专名，不烦枚举。看官如住过杭州的，看到这儿早已恍然；若没到过，多说也还是不懂。杭州的热闹市街不止一条，何以独取清河坊呢？我因它逼窄得好，竟铺石板不修马路亦好；认它为 typical 杭州街。

我们雅步街头，则喀噔喀噔地石板怪响，而大嚷“欠来！欠来”的洋车，或前或后冲过来了。若不躲闪，竟许老实不客气被车夫推搡一下，而你自然不得不肃然退避了。天晴还算好，落雨的时候，那更须激起石板洼隙的积水溅上你的衣裳，这真糟心！这和被北京的汽车轮子溅了一身泥浆是仿佛的。虽然发江南热的我觉得北京的汽车是老虎（非彼老虎也！），而杭州的车夫毕竟是人。你拦阻他的去路，他至多大喊两声，推你一把，不至于如北京的高轩哀嘶长唳地过去，似将要你的一条穷命。

哪怕它十分喧阗，悠悠然的闲适总归消除不了。我所经历的江南内地，都有这种可爱的空气；这真有点儿古色古香。

我在伦敦纽约虽住得不久，却已嗅得欧美名都的忙空气；若以彼例此，则藐乎小矣。杭州清河坊的闹热，无事忙耳。他们越忙，我越觉得他们是真闲散。忙且如此，不忙可知。——非闲散而何?

我们雅步街头，虽时时留意来往的车子，然终不失为雅步。走过店窗，看看杂七杂八的货色，一点没有橱窗（show window）的规范，但我不讨厌它们。我们常常去买东西，还好意思摔什么“洋腔”呢?

我俩和娴小姐同走这条街的次数最多，她们常因配置些零星而去，我则瞎跑而已。有几家较熟的店铺差不多没有不认识我们的。有时候她们先到，我从别处跑了去，一打听便知道，我终于会把她们追着的。大约除掉药品书报糖食以外，我再不花什么钱；而她们所买绝然不同，都大包小裹的带回了家，挨到上灯的时分。若今天买的东西少，时候又早，天气又好，往往雇车到旗下营去，从繁热的人笑里，闲看湖滨的暮霭与斜阳。“微阳已是无多恋，更苦遥青着意遮。”我时时看见这诗句自己的影子。

清河坊中，小孩子的油酥饺是佩弦以诗作保证的；我所以时常去买来吃。叫她们吃，她们以在路上吃为不雅而不吃；常被我一个人吃完了。油酥饺冰冷的，您想不得味吧。然而我竟常买来吃，且一顿便吃完了。您不以为诧异吗？不知佩弦读至此如何想？他不会得说：“这是我一首诗的力啊！”

我收集花果的本领真太差，有些新鲜的果子，藏在怀中几年之后，不但香色无复从前，并且连这些果子的名目，形态，影儿都一起丢了。这真是所谓“抚空怀而自惋”了。譬如提到清河坊，似有层层叠叠感触的张本在那边，然细按下去，便觉洞然无物。即使不是真的洞然，也总是说它不出。在实际上，“说不出”与“洞然”的差别，真是太小了。

在这狭的长街上，不知曾经留下我们多少的踪迹。可是坚且滑的石板上，使我们的肉眼怎能辨别呢？况且，江南的风虽小，雨却豪纵惯了的。暮色苍然下，飒飒的细点儿，渐转成牵丝的“长脚雨”，早把这一天走过的千千人的脚迹，不论男的女的老的少的村的俏的，洗刷个干净。一日且如此，何论旬日；兼旬既如此，何论经年呢？明日的人儿等着哩，今日的你怎能不去！不看见吗？水上之波如此，天上之云如斯；云水无心，“人”却多了一种荒唐的眷恋，非自寻烦恼吗？若依颉刚的名理推之，烦恼是应当自己寻的；这却又无以难他。

我由不得发两句照例的牢骚了。天下惟有盛年可贵，这是自己证明的真实。梦阑酒醒，还算个什么呢，千金一刻是正在醉梦之中央。我们的脚步踏在土泥或石上，我们的语笑颤荡在空气中，这是何等的切实可喜。直到一切已黯淡渺茫，回首有凄悱的颜色，那时候的想头才最没有出息；一方面要追挽已逝的芳香，一方面妒羡他人的好梦。去了的谁挽得住，剩一双空空的素手；妒羡引得人人笑，我们终被拉下了。这真觉得有点犯不着，然而没出息的念头，我可是最多。

匆匆一年之后，我们先后北来了。为爱这风尘来吗？还是逃避江南的孽梦呢？娴小姐平日最爱说“窝逸”。破烂的大街，荒寒的小胡同，时闻瑟缩的枯叶打抖，尖厉的担儿吆喝，沉吟的车骨碌的话语，一灯初上，四座无言；她仍然会说“窝逸”吗？或者陡然猛省，这是寂寞长征的一尖站呢？我毕竟想不出她应当怎样着想方好。

我们再同步于北京的巷陌，定会觉得异样；脚下的尘土，比棉花还软得多哩。在这样的软尘中，留下的踪迹更加靠不住了，不待言。将来万一，娴小姐重去江南，许我谈到北京的梦，还能如今日谈杭州清河坊巷这样的洒脱吗？“人到来年忆此年。”想到这里，心渐渐的低沉下去，另有一幅飘零的图画影子，烟也似的晃荡在我眼下。

话说回来，干脆了当！若我们未曾在那边徘徊，未曾在那边笑语；或者即有徘徊笑语的微痕而不曾想到去珍惜它们，则莫说区区清河坊，即十百倍的胜迹亦久不在话下了。我爱诵父亲的诗句：

只缘曾系乌篷艇，野水无情亦耐看。

编者注：

青石板、古井、小巷、百年老店，这些构成了清河坊，但又不是全部，还少了那一味“淡如水，茫茫无羁泊的依恋”。

永远的憧憬和追求[①]

萧红

一九一一年，在一个小县城里边，我生在一个小地主的家里。那县城差不多就是中国的最东最北部——黑龙江省——所以一年之中，倒有四个月飘着白雪。

父亲常常为着贪婪而失掉了人性。他对待仆人，对待自己的儿女，以及对待我的祖父都是同样的吝啬而疏远，甚至于无情。

有一次，为着房屋租金的事情，父亲把房客的全套的马车赶了过来。房客的家属们哭着，诉说着，向我的祖父跪了下来，于是祖父把两匹棕色的马从车上解下来还了回去。

为着这两匹马，父亲向祖父起着终夜的争吵。"两匹马，咱们是算不了什么的，穷人，这两匹马就是命根。"祖父这样说着，而父亲还是争吵。

九岁时，母亲死去。父亲也就更变了样，偶然打碎了一只杯子，他就要骂到使人发抖的程度。后来就连父亲的眼睛也转了弯，每从他的身边经过，我就像自己的身上生了针刺一样；

① 本文选自《萧红散文选集》，百花文艺出版社2004年版。

他斜视着你，他那高傲的眼光从鼻梁经过嘴角而后往下流着。

所以每每在大雪中的黄昏里，围着暖炉，围着祖父，听着祖父读着诗篇，看着祖父读着诗篇时微红的嘴唇。

父亲打了我的时候，我就在祖父的房里，一直面向着窗子，从黄昏到深夜 —— 窗外的白雪，好像白棉花一样飘着；而暖炉上水壶的盖子，则像伴奏的乐器似的振动着。

祖父时时把多纹的两手放在我的肩上，而后又放在我的头上，我的耳边便响着这样的声音：

"快快长吧！长大就好了。"

二十岁那年，我就逃出了父亲的家庭。直到现在还是过着流浪的生活。

"长大"是"长大"了，而没有"好"。

可是从祖父那里，知道了人生除掉了冰冷和憎恶而外，还有温暖和爱。

所以我就向这"温暖"和"爱"的方面，怀着永久的憧憬和追求。

编者注：

萧红是文学史上一位不可多得的才女，纯朴自然不失厚重，但同时亦是一个境遇坎坷的女人，生母之恶语，继母之虐待，父亲之冷漠，这都是萧红抹不掉的幼时灰色，而祖父是那唯一的亮光。诚如她自己所言："从祖父那里，知道了人生除掉了冰冷和憎恶而外，还有温暖和爱。"

我在西湖出家的经过[①]

弘一[②]

杭州这个地方，实堪称为佛地；因为那边寺庙之多，约有两千余所，可想见杭州佛法之盛了。

最近越风社要出关于“西湖”的增刊，由黄居士来函要我做一篇西湖与佛教之因缘，我觉得这个题目的范围太广泛了，而且又无参考书在手，于短期间内是不能做成的。

所以现在就将我从前在西湖居住时，把那些值得追味的几件零碎的事情来说一说，也算是纪念我出家的经过。

我第一次到杭州，是光绪二十八年，七月（本篇所记年月，皆依旧历）。

在杭州住了约莫一个月光景，但是并没有到寺院里去过。

① 本文选自《我在西湖出家的经过》，华夏出版社2008年版。

② 弘一（1880—1942），俗名李叔同。中国新文化运动的前驱，卓越的艺术家、教育家、思想家、革新家，是中国传统文化与佛教文化相结合的优秀代表，是中国近现代佛教史上最杰出的一位高僧，又是国际上声誉甚高的知名人士。他在音乐、美术、诗词、篆刻、金石、书法、教育、哲学、法学、汉字学、社会学、广告学、出版学、环境与动植物保护、人体断食实验诸方面均有创造性发展。

只记得有一次到涌金门外去吃过一回茶而已，而同时也就把西湖的风景，稍微看了一下子。

第二次到杭州时，那是民国元年的七月里，这回到杭州倒住得很久，一直住了近十年，可以说是很久的了。

我的住处在钱塘门内，离西湖很近，只两里路光景。在钱塘门外，靠西湖边，有一所小茶馆，名景春园，我常常一个人出门，独自到景春园的楼上去吃茶。当民国初年的时候，西湖那边的情形，完全与现在两样；那时候还有城墙及很多柳树，都是很好看的。除了春秋两季的香会之外，西湖边的人总是很少，而钱塘门外，更是冷静了。

在景春园的楼下，有许多的茶客，都是那些摇船抬轿的劳动者居多。而在楼上吃茶的就只有我一个人了，所以我常常一个人在上面吃茶，同时还凭栏看看西湖的风景。

在茶馆的附近，就是那有名的大寺院——昭庆寺了。我吃茶之后，也常常顺便地到那里去看一看。

当民国二年夏天的时候，我曾在西湖的广化寺里面住了好几天，但是住的地方，却不是在出家人的范围之内，那是在该寺的旁边，有一所叫做痘神祠楼上的。

痘神祠是广化寺专门为着要给那些在家的客人住的，当时我住在里面的时候，有时也曾到出家人所住的地方去看看，心里却感觉得很有意思呢！

记得那时我亦常常坐船到湖心亭去吃茶。

曾有一次，学校里有一位名人来演讲，那时我和夏丏尊居士两人，却出门躲避，而到湖心亭上去吃茶呢！

当时夏丏尊曾对我说：

“像我们这种人，出家做和尚倒是很好的！”

那时候我听到这句话，就觉得很有意思，这可以说是我后来出家的一个原因了。

到了民国五年的夏天，我因为看到日本杂志中，有说及关于断食方法的，谓断食可以治疗各种疾病。当时我就起了一种好奇心，想来断食一下，因为我那个时候，患有神经衰弱症，若实行断食后，或者可以痊愈亦未可知。要行断食时，须于寒冷的季候方宜，所以我便预定十一月来作断食的时间。

至于断食的地方呢？总须先想一想，及考虑一下，似觉总要有个很幽静的地方才好。当时我就和西泠印社的叶品三君来商量，结果他说在西湖附近的地方，有一所虎跑寺，可作为断食的地点。

那么我就问他，既要到虎跑寺去，总要有人来介绍才对，究竟要请谁呢？他说有一位丁辅之，是虎跑的大护法，可以请他去说一说。于是他便写信请丁辅之代为介绍了。

因为从前那个时候的虎跑，不是像现在这样热闹的；而是游客很少，且十分冷静的地方啊！若用来作为我断食的地点，可以说是最相宜的了。

到了十一月的时候，我还不曾亲自到过，于是我便托人到虎跑寺那边去走一趟，看看在哪一间房里住好。

回来后，他说在方丈楼下的地方，倒很幽静的；因为那边的房子很多，且平常的时候都是关起来，客人是不能走进去的，而在方丈楼上则只有一位出家人住着而已，此外并没有什么人居住。

等到十一月底，我到了虎跑寺，就住在方丈楼下的那间屋子里了。

我住进去以后，常常看见一位出家人在我的窗前经过，即是住在楼上的那一位，我看到他却十分的欢喜呢！因此就时常和他来谈话，同时他也拿佛经来给我看。

我以前虽然从五岁时，即时常和出家人见面，时常看见出家人到我的家里念经及拜忏，而于十二三岁时，也曾学了放焰口，可是并没有和有道德的出家人住在一起，同时也不知道寺院中的内容是怎样，以及出家人的生活又是如何。

这回到虎跑去住，看到他们那种生活，却很欢喜而且羡慕起来了！

我虽然在那边只住了半个多月，但心里头却十分地愉快，而且对于他们所吃的菜蔬，更是欢喜吃，及回到了学校，以后我就请用人依照他们那样的菜煮来吃。

这一次，我之到虎跑寺去断食，可以说是我出家的近因了。

及到了民国六年的下半年，我就发心吃素了。

在冬天的时候，即请了许多的经，如《普贤行愿品》、《楞严经》及《大乘起信论》等很多的佛经，而于自己的房里，也供起佛像来，如地藏菩萨、观世音菩萨……的像，于是亦天天烧香了。

到了这一年放年假的时候，我并没有回家去，而到虎跑寺里面去过年。

我仍旧住在方丈楼下，那个时候，则更感觉得有兴味了。

于是就发心出家，同时就想拜那位住在方丈楼上的出家人作师父。

他的名字是弘详师，可是他不肯我去拜他，而介绍我拜他的师父。

他的师父是在松木场护国寺里面居住的，于是他就请他的师父回到虎跑寺来，而我也就于民国七年正月十五日受三皈依了。

我打算于此年的暑假来入山，而预先在寺里面住了一年后，然后再实行出家的。

当这个时候，我就做了一件海青，及学习两堂功课。

在二月初五日那天，是我的母亲的忌日，于是我就先于两天以前到虎跑去，在那边背诵了三天的地藏经，为我的母亲回向。

到了五月底的时候，我就提前先考试，而于考虑之后，即到虎跑寺入山了。

到了寺中一日以后，即穿出家人的衣裳，而预备转年再剃度的。

及至七月初的时候，夏丏尊居士来，他看到我穿出家人的衣裳但还未出家，他就对我说，既住在寺里面，并且穿了出家人的衣裳，而不即出家，那是没有什么意思的，所以还是赶紧剃度好。

我本来是想转年再出家的，但是承他的劝，于是就赶紧出家了。

于七月十三日那一天，相传是大势至菩萨的圣诞，所以就在那天落发。

落发以后，仍须受戒的。于是由林同庄君介绍，而到灵隐寺去受戒了。

灵隐寺是杭州规模最大的寺院，我一向是对着它很欢喜的，我出家了以后曾到各处的大寺院看过，但是总没有像灵隐寺那么的好！

八月底，我就到灵隐寺去，寺中的方丈和尚却很客气，叫我住在客堂后面芸香阁的楼上。

当时是由慧明法师作大师父的，有一天我在客堂里遇到这位法师了。他看到我时，就说起既系来受戒的，为什么不进戒堂呢？虽然你在家的时候是读书人，但是读书人就能这样地随便吗？就是在家时是一个皇帝，我也是一样看待的。那时方丈和尚仍是要我住在客堂楼上，而于戒堂里面有了紧要的佛事时，方去参加一两回的。

那时候我虽然不能和慧明法师时常见面，但是看到他那种的忠厚、笃实，却是令我佩服不已的。

受戒以后，我就住在虎跑寺内。到了十二月，即搬到玉泉寺去住，此后即常常到别处去，没有久住在西湖了。

曾记得在民国十二年夏天的时候，我曾到杭州去过一回。那时正是慧明法师在灵隐寺讲楞严经的时候。

开讲的那一天，我去听他说法，因为好几年没有看到他，觉得他已苍老了不少，头发且已斑白，牙齿也大半脱落。我当时大为感动，于拜他的时候，不由泪落不止！

听说以后没有经过几年工夫，慧明法师就圆寂了。

关于慧明法师一生的事迹，出家人中晓得的很多，现在我且举几样事情，来说一说。

慧明法师是福建的汀州人。他穿的衣服却不考究，看起来很不像法师的样子，但他待人是很平等的。无论你是大好佬或是苦恼子，他都是一样地看待！

所以凡是出家在家的上中下各色各样的人物，对于慧明法师是没有一个不佩服的。

他老人家一生所做的事情固然很多，但是最奇特的，就是能教化“马溜子”（马溜子是出家流氓的称呼）了。

寺院里是不准这班马溜子居住的。他们总是住在凉亭里的时候为多，听到各处的寺院有人打斋的时候，他们就会集了赶斋去（吃白饭）。

在杭州这一带地方，马溜子是特别来得多。一般人总不把他们当人看待，而他们亦自暴自弃，无所不为的。

但是慧明法师却能够教化马溜子呢！

那些马溜子常到灵隐寺去看慧明法师，而他老人家却待他们很客气，并且布施他们种种好饮食，好衣服等。他们要什么就给什么，而慧明法师也有时对他们说几句佛法。

慧明法师的腿是有毛病的。出来入去的时候，总是坐轿子居多。

有一次他从外面坐轿回灵隐时，下了轿后，旁人看到慧明法师是没有穿裤子的，他们都觉得很奇怪，于是就问他道：“法师为什么不穿裤子呢？”他说他在外面碰到了马溜子，因为向他要裤子，所以他连忙把裤子脱给他了。

关于慧明法师教化马溜子的事，外边的传说很多很多，我不过略举了这几样而已。

不单那些马溜子对于慧明法师有很深的钦佩和信仰，即其他一般出家人，亦无不佩服的。

因为多年没有到杭州去了。西湖边上的马路、洋房也渐渐修筑得很多，而汽车也一天比一天地增加，回想到我以前在西湖边上居住时，那种闲静幽雅的生活，真是如同隔世，现在只能托之于梦想了。

(1937 年)

编者注：

李叔同是至情至性之人，老师、画家、文人，及至最后了却尘缘，一身素洁长衫，一颗不垢之心，是每一位认识李叔同的人的由衷感受。借由他的笔，我们似乎可以一探人情事物在俗人和智者眼中、心中有何不同。

幽径悲剧[1]

季羡林

出家门，向右转，只有二三十步，就走进一条曲径。有二三十年之久，我天天走过这一条路，到办公室去。因为天天见面，也就成了司空见惯，对它有点漠然了。

然而，这一条幽径却是大大有名的。记得在50年代，我在故宫的一个城楼上，参观过一个有关《红楼梦》的展览。我看到由几幅山水画组成的组画，画的就是这一条路。足证这一条路是同这一部伟大的作品有某一些联系的。至于是什么联系，我已经记忆不清。留在我记忆中的只是一点印象：这一条平平常常的路是有来头的，不能等闲视之。

这一条路在燕园中是极为幽静的地方。学生们称之为“后湖”，他们是很少到这里来的。我上面说它平平常常，这话有点语病，它其实是颇为不平常的。一面傍湖，一面靠山，蜿蜒曲折，实有曲径通幽之趣。山上苍松翠柏，杂树成林。无论春夏秋冬，总有翠色在目。不知名的小花，从春天开起，过一阵

---

① 本文选自《季羡林散文》，人民文学出版社2007年版。

换一个颜色，一直开到秋末。到了夏天，山上一团浓绿，人们仿佛是在一片绿雾中穿行。林中小鸟,枝头鸣蝉,仿佛互相应答。秋天，枫叶变红，与苍松翠柏，相映成趣，凄清中又饱含浓烈。几乎让人不辨四时了。

小径另一面是荷塘，引人注目主要是在夏天。此时绿叶接天,红荷映目。仿佛从地下深处爆发出一股无比强烈的生命力,向上，向上，向上，欲与天公试比高，真能使懦者立怯者强，给人以无穷的感染力。

不管是在山上，还是在湖中，一到冬天，当然都有白雪覆盖。在湖中，昔日潋滟的绿波为坚冰所取代。但是在山上，虽然落叶树都把叶子落掉，可是松柏反而更加精神抖擞，绿色更加浓烈，意思是想把其他树木之所失，自己一手弥补过来，非要显示出绿色的威力不行。再加上还有翠竹助威，人们置身其间，绝不会感到冬天的萧索了。

这一条神奇的幽径，情况大抵如此。

在所有的这些神奇的东西中，给我印象最深，让我最留恋难忘的是一株古藤萝。藤萝是一种受人喜爱的植物。清代笔记中有不少关于北京藤萝的记述。在古庙中，在名园中，往往都有几棵寿达数百年的藤萝，许多神话故事也往往涉及藤萝。北大现住的燕园，是清代名园，有几棵古老的藤萝，自是意中事。我们最初从城里搬来的时候，还能看到几棵据说是明代传下来的藤萝。每到春天，紫色的花朵开得满棚满架，引得游人和蜜蜂猬集其间，成为春天一景。

但是，根据我个人的评价，在众多的藤萝中，最有特色的还是幽径的这一棵。它既无棚，也无架，而是让自己的枝条攀附在邻近的几棵大树的干和枝上，盘曲而上，大有直上青云之概。因此，从下面看，除了一段苍黑古劲像苍龙般的粗干外，根本看不出是一株藤萝。每到春天，我走在树下，眼前无藤萝，心中也无藤萝。然而一股幽香蓦地闯入鼻官，嗡嗡的蜜蜂声也袭入耳内，抬头一看，在一团团的绿叶中——根本分不清哪是藤萝叶，哪是其他树的叶子——隐约看到一朵朵紫红色的花，颇有万绿丛中一点红的意味。直到此时，我才清晰地意识到这一棵古藤的存在，顾而乐之了。

经过了史无前例的十年浩劫，不但人遭劫，花木也不能幸免。藤萝们和其他一些古丁香树等等，被异化为“修正主义”，遭到了无情的诛伐。六院前的和红二三楼之间的那两棵著名的古藤，被坚决、彻底、干净、全部地消灭掉。是否也被踏上一千只脚，没有调查研究，不敢瞎说；永世不得翻身，则是铁一般的事实了。

茫茫燕园中，只剩下了幽径的这一棵藤萝了。它成了燕园中藤萝界的鲁殿灵光。每到春天，我在悲愤、惆怅之余，唯一的一点安慰就是幽径中这一棵古藤。每次走在它下面，闻到淡淡的幽香，听到嗡嗡的蜂声，顿觉这个世界还是值得留恋的，人生还不全是荆棘丛。其中情味，只有我一个人知道，不足为外人道也。

然而，我快乐得太早了。人生毕竟还是一个荆棘丛，绝不是到处都盛开着玫瑰花。今年春天，我走过长着这棵古藤的地方，我的眼前一闪，吓了一大跳：古藤那一段原来凌空的虬干，忽然成了吊死鬼，下面被人砍断，只留上段悬在空中，在风中摇曳。再抬头向上看，藤萝初绽出来的一些淡紫的成串的花朵，还在绿叶丛中微笑。它们还没有来得及知道，自己赖以生存的树干已经被砍断了，脱离了地面，再没有水分供它们生存了。它们仿佛成了失掉了母亲的孤儿，不久就会微笑不下去，连痛哭也没有地方了。

我是一个没有出息的人。我的感情太多，总是供过于求，经常为一些小动物、小花草惹起万斛闲愁。真正的伟人们是绝不会这样的。反过来说，如果他们像我这样的话，也绝不能成为伟人。我还有点自知之明，我注定是一个渺小的人，也甘于如此，我甘于为一些小猫小狗小花小草流泪叹气。这一棵古藤的灭亡在我心灵中引起的痛苦，别人是无法理解的。

从此以后，我最爱的这一条幽径，我真有点怕走了。我不敢再看那一段悬在空中的古藤枯干，它真像吊死鬼一般，让我毛骨悚然。非走不行的时候，我就紧闭双眼，疾趋而过。心里数着数：一，二，三，四，一直数到十，我估摸已经走到了小桥的桥头上，吊死鬼不会看到了，我才睁开眼走向前去。此时，我简直是悲哀至极，哪里还有什么闲情逸致来欣赏幽径的情趣呢？

但是，这也不行。眼睛虽闭，但耳朵是关不住的。我隐隐约约听到古藤的哭泣声，细如蚊蝇，却依稀可辨。它在控诉无端被人杀害。它在这里已经待了二三百年，同它所依附的大树一向和睦相处。它虽阅尽人间沧桑，却从无害人之意。每到春天，就以自己的花朵为人间增添美丽。焉知一旦毁于愚氓之手。它感到万分委屈，又投诉无门。它的灵魂死守在这里。每到月白风清之夜，它会走出来“显圣”的。在大白天，只能偷偷地哭泣。山头的群树、池中的荷花是对它深表同情的，然而又受到自然的约束，寸步难行，只能无言相对。在茫茫人世中，人们争名于朝，争利于市，哪里有闲心来关怀一棵古藤的生死呢？于是，它只有哭泣，哭泣……

世界上像我这样没有出息的人，大概是不多的。古藤的哭泣声恐怕只有我一个能听到。在浩茫无际的大千世界上，在林林总总的植物中，燕园的这一棵古藤，实在渺小得不能再渺小了。你倘若问一个燕园中人，绝不会有任何人注意到这一棵古藤的存在的，绝不会有任何人关心它的死亡的，绝不会有任何人为之伤心的。偏偏出了我这样一个人，偏偏让我住到这个地方，偏偏让我天天走这一条幽径，偏偏又发生了这样一个小小的悲剧；所有这一些偶然性都集中在一起，压到了我的身上。我自己的性格制造成的这一个十字架，只有我自己来背了。奈何，奈何！

但是，我愿意把这个十字架背下去，永远永远地背下去。

（1992年）

编者注：

人们要关注的事情太多太多，谁又会关注一棵树的生死？而这棵树背后的历史与文化的命运，却还要永永远远地背负下去。谁看到了这一点，谁就是幸者与不幸者。

热血、辛劳、汗水和眼泪[①]

（英）温斯顿·丘吉尔[②]

上星期五晚上，我接受了国王陛下有关组织新政府的任务。

新政府应该建立在最广泛的基础上，应该包括所有的政党在内。这显然是国会和国民的共同意愿。

目前，我已完成了该项任务中最重要的部分。一个代表工党、反对党和自由党在内的5人战时内阁已经组成，代表了国家的团结统一。

鉴于事态极其紧急严峻，新内阁政府的组建应在一天之内完成。其他重要职位也已于昨日安排妥当。今晚我将向国王陛下呈递一份更进一步的名单。我希望几位主要大臣的委任能够

① 本文选自《影响世界文明进程的名人演讲》，中国国际广播出版社2003年版。

② 温斯顿·丘吉尔（1874—1965），英国著名的政治家、作家。第二次世界大战爆发后，他于1940年至1945年出任首相，任期内，他领导英国在第二次世界大战中联合美国等国家对德作战，并取得了最终胜利，并自1951至1955年再度出任英国首相。他文学上的造诣很深，1953年获诺贝尔文学奖。主要的作品有《第二次世界大战回忆录》和《马拉坝德野战军纪实》等。

在明天之内完成。

其他大臣的委任通常要拖得久一些。我相信，国会再一次召开时，我将完成这一部分任务，整个政府的组建工作也将完成。

基于公众利益的考虑，我建议议长今天就召开议会。今天的议程结束后，将休会到5月21日。如有必要，可提前开会。有关事务会及早通知各位议员。

现在我提请议院作出决议，批准并记录我为此采取的各项步骤，同时宣布对新政府的信任。决议如下：

“本议院欢迎新政府的成立，新政府代表了全国团结而坚定的决心：发动对德战争，直至最后胜利。”

组建一届如此复杂且规模庞大的政府，本应该是一项重大的工作。但是我们正处于有史以来规模最大战役之一的初级阶段。我们在挪威、荷兰等地多点作战，另外我们在地中海也必须准备完毕。空战还连绵不绝，而且我们在国内也还有许多准备工作要做。

在此危机之中，我相信议院会原谅我今天不能发表长篇讲话。我还希望所有在这次改组中受到牵动的朋友、同僚或前任同僚们对于我们不得已的礼仪方面的不周之处能够多多包涵。

正如我已告知组成新政府的诸位官员那样，我也要告知议院：我能奉献的只有热血、辛劳、眼泪与汗水。我们面临着极其严峻的考验，我们面临着长期艰苦卓绝的斗争。

如果你问：我们的政策是什么？我的回答是：尽我们的全力，尽上帝赐予我们的所有力量，进行海陆空抗敌；向一个史无前例的凶残暴政作战。这就是我们的政策。

如果你问：我们的目标是什么？我可以用两个字回答：胜利。不论道路多么崎岖漫长，我们都要不惜一切代价，不畏任何恐怖，夺取胜利。因为得不到胜利就无法生存。

大家都应该认识到：不胜利，大英帝国将无法幸存，大英帝国所代表的一切将无法生存，推动人类历史不断前进的动力将不复存在。

我充满乐观和希望地肩负起我的职责，我确信，靠大家的共同行动，我们的事业就不会遭受挫败！

在此时此刻，在这危机关头，我觉得我有权得到所有人的援助。我要说："来吧，让我们团结起来，携手前进吧！"

编者注：

本文为丘吉尔在被任命为首相后在国会上的演说。几十年过去了，"二战"的硝烟早已离我们远去，但却冲淡不了那刻骨铭心的记忆。它带给我们的对于政治和人性的思考永远未曾停止。我们可以这样说，丘吉尔为人类作了两个巨大贡献，其一是领导"二战"走向胜利，其二是对这次战争的深刻回忆。

寄情山水

湖上杂忆（节选）①

曹聚仁 ②

孤山

孤山，小小的山冈，连着白堤成为里湖外湖的隔线。山以林和靖得名。林，北宋真宗年间隐士，“为诗孤峭澄淡，居西湖二十年，未尝入城市”。相传他梅妻鹤子，今日孤山，还有鹤。其实他是有妻室有孩子的。他在孤山时，也有童仆应门；那只鹤，有如他的传信鸽，会到处探寻他的游踪的。林诗最能道出梅花的冷幽情趣，有疏影、暗香的名句，其实他的梅花诗，如：

吟怀长恨负芳时，为见梅花辄入诗。
雪后园林才半树，水边篱落忽横枝。
人怜红艳多应俗，天与清香似有私。
堪笑胡雏亦风味，解将声调角中吹。

---

① 本文选自《万里行记》，福建人民出版社1983年版。

② 曹聚仁（1900—1972），字挺岫，浙江省浦江县人，现代作家。著有《文思》、《国学概论》等。

小园烟景正凄迷，阵阵寒香压麝脐。
池水倒窥疏影动，屋檐斜入一枝低。
画工空向闲时看，诗客休徵故事题。
惭愧黄鹂与蝴蝶，只知春色在前溪。

都是很清逸的。林氏赏梅，不一定在孤山，湖上梅花，也不一定推孤山梅为最好，只是地以人传，有这么一回事就是了。（林和靖的墓碑倒是南宋贾似道题，金华王庭所写的。）

隐士，如朱熹所说的："多是带性负气之人。"林和靖诗，有"卖药比常嫌有价，灌园终亦爱无机"，"颜渊遗事在，千古壮闲心"之句，正是乐道安贫之意。"乐道"才可以"安贫"，这是旧时代士大夫一种修养。在今日，箪瓢屡空的生活，该怎么熬过去，也是"岁课非无称"的林和靖所体会得的。我们在孤山，找不到一些儿隐逸的气息了。

我们住在孤山文澜阁时，傍晚，趁着凉风，信步从广化寺、楼外楼、俞楼到西泠印社，到了四照阁，便是一站。而今西泠辟成公园，从后门穿出，便是西泠桥。有时，就沿着湖堤走，不上四照阁，便在西泠桥打尖。从苏曼殊墓走孤山后背，慢慢踱了二三十分钟，到了小青墓，便已到林和靖墓的脚下。走上山冈，穿过放鹤亭、鹤冢，再走下来，那就是平湖秋月。湖上景物，我最爱"平湖秋月"，楼前小小墙地，几株大柳树俯垂湖面，我们就把小艇绾系在柳荫中，那才真正与世相忘了。那时，我们的闲步，到了平湖秋月，便转向西行，到了罗苑（昔哈同夫人罗迦陵的别墅，今为浙江美术学院院所），便已夜色四动，该回家休息了。

西泠桥

游西湖的路线，古今并不相同。吴越旧城，就有七十多里的周围；南宋建立帝都，南山一带，那是皇宫和六部政治中心地区。（筑城自秦望山，由夹城东亘江干，连着西湖、霍山、范浦在内。）到了蒙古人建都大都（今北京），这一王气所钟的城市，便缩小到三十多里。秦望山、西湖、和湖墅、西溪，都划在城外了。元代的里湖，乃是蒙古贵族的院落（南宋时，也是赐给贾似道的私院），行人不许在白堤上往来的。清代湖滨划归旗营，游人当然不许由钱塘门进出，因此，过去三百年间，湖面是缺了最开展的一角，今日的西湖，才回复到明代的情况；新的市面，慢慢从涌金门向南山一带发展，省府也移到了松木场，这才有着南宋的大杭州规模。

我闭着眼想去：湖上游程，如《白蛇传》中的许仙，从苏堤（大概是茅家埠）乘船，过三潭印月，到涌金门，这一线，可说最古老的路程，唐、五代、宋，就是这么走了。我们幼年时，便是从涌金门坐船到岳土坟去的。从湖滨公园经过断桥、白堤到孤山，绕到西泠桥，可说是近五十年的新线，也正是南宋的游湖线。那是我们祖先所不曾走过的，好山游的，如明代袁中郎所记者，经过保塔（多宝峰头）、葛岭、初阳台，到栖霞岭脚，又是一线，游北山一线的，岳王坟和西泠桥一带，总是打尖的所在，自然而然成了市集。我们舍舟登陆，或是游倦下船，总是在风林寺前和岳坟的船埠转换着的。

到了二十世纪初年，辛亥革命搬开了旗营，开辟了新市场，这才慢慢把西泠子“现代化”。灯光添了她的新姿，不过欧化气息，只闯入葛岭。西泠饭店的欧化，和背黄香袋的信男信女不相干的。岭脚葛岭饭店，虽说是用刀用叉，餐餐吃西菜，看起来，总还是旧日的庭院。后来，天虚我生父子在西泠桥北造了蝶来饭店，欧风才慢慢吹到了湖西，那已经是抗战前夜。近十多年，才在蝶来饭店旧址，扩建到凤林寺一带，矗立着华侨大厦，规模比当年的西泠饭店大得多，也不是陈定山所能想象的了。

李长蘅《西湖画记》云：“余尝为孟阳题扇云：‘多宝峰头石欲摧，西泠桥边树不开；轻烟薄雾斜阳下，曾泛扁舟小筑来。’西泠树色真使人可念；桥亦自有古色。近闻且改筑，当无复旧观矣，对此怅然。”短短几句话，把我所想说的意思都说出来了，当然，而今的西泠桥，早不是明朝当年的石桥；但若保留着古色古香的石桥，苏小小的油壁车又该怎么办呢？

苏小小坟

我们住在西湖文澜阁时，傍晚时分，总是沿着湖边由西泠印社走向西泠桥。桥北堍便是苏小小坟，有一小亭，挂着“湖山此地曾埋玉”的联句，有人在那儿闲坐。我们当然知道这处坟是后人造的，文澜阁中的朋友，满屋是杭州史料，这一点还不明白吗？不过，我很欢喜苏小小的唯美主义的风致，有如小仲马笔下的茶花女。

苏小小，据史载，她是钱塘名娼，南齐时人，其墓盖在江干，即凤山门外南星桥附近。古诗云：“妾乘油壁车，郎跨青骢马，何处结同心，西陵松柏下。”当时所谓西陵，便是后来的“江干”，俗称江头，今钱江大桥畔。宋人笔记中，所说司马才仲在洛下梦一美姝，后来游幕杭州，梦中相会，每夕必来。他的同僚告诉他：“公廨后有苏小小墓。”可见，宋代的苏小小墓，自在江干，不在湖畔的。沈原理《苏小小歌》：

歌声引回波，舞衣散秋影，
梦断别青楼，千秋香骨冷。
青铜镜破双飞鸾，饥乌吊月啼钩栏，
风吹野火火不灭，山妖哭入狐狸穴。
西陵墓下钱塘潮，潮来潮去夕复潮，
墓前杨柳不堪折，春风自绾同心结。

可见古代文人，一直都有江干苏小小坟的印象的。

苏小小死时，只有十九岁。她冒了风寒，生了重病，医生说她凶多吉少，她的贾姨娘替她十分着急，她却以为作了几年“佳人”，富贵繁华无不尽享，风流滋味无不遍尝。这样早死，留给人间一个好的印象，倒是天心有在，乐于成全的。她就一直成为古今诗人仰慕的对象。白居易《杨柳枝》词云：

苏州杨柳任君夸，更有钱塘胜馆娃，
若解多情寻小小，绿杨深处是苏家。
苏家小女旧知名，杨柳风前别有情，
剥条盘作银环样，卷叶吹为玉笛声。

她在世人心头的印象，真是多么深呀。

那么，西泠桥头的苏小小坟，又是怎么来的？沈三白的《浮生六记》中倒有一段记载：

苏小墓在西泠桥侧，土人指示，初仅半丘黄土而已。

乾隆庚子，圣驾南巡曾一询及。甲辰春，复举南巡盛典，则苏小墓已石筑其坟，作八角形，上立一碑，大书曰“钱塘苏小小之墓”。从此吊古骚人，不须徘徊探访矣。

其来由不过如此，正如上海的流氓头子，要在那儿竖起“武松墓”是相同的，要说苏小小的人生观，倒是真正的潘金莲呢！

编者注：

曹聚仁的《湖上杂忆》与其说是在写湖，不如说是在写湖的历史，写历史中的人物，因此阅读时不再仅是空间与时间上的享受，更是一种向更深处挖掘的体验，这种体验正是当今所欠缺的。

钓台的春昼[1]

郁达夫[2]

因为近在咫尺，以为什么时候要去就可以去，我们对于本乡本土的名区胜景，反而往往没有机会去玩，或不容易下一个决心去玩的。正唯其是如此，我对于富春江上的严子陵，二十年来，心里虽每在记着，但脚却从没有向这一方面走过。一九三一，岁在辛未，暮春三月，春服未成，而中央党帝，似乎又想玩一个秦始皇所玩过的把戏了，我接到了警告，就仓皇离去了寓居。先在江浙附近的穷乡里，游息了几天，偶尔看见了一家扫墓的行舟，乡愁一动，就定下了归计。绕了一个大弯，赶到故乡，却正好还在清明寒食的节前。和家人等去上了几处坟，与许久不曾见过面的亲戚朋友，来往热闹了几天，一种乡居的倦怠，忽而袭上心来了，于是乎我就决心上钓台去访一访

---

① 本文选自《钓台的春昼》，北京师范大学出版社2012年版。

② 郁达夫（1896—1945），原名郁文，字达夫，浙江富阳人。中国现代著名小说家、散文家、诗人。著有短篇小说集《沉沦》，中篇小说《她是一个弱女子》，散文集《闲书》、《屐痕处处》、《达夫日记集》等。

严子陵的幽居。

钓台去桐庐县城二十余里，桐庐去富阳县治九十里不足，自富阳溯江而上，坐小火轮三小时可达桐庐，再上则须坐帆船了。

我去的那一天，记得是阴晴欲雨的养花天，并且系坐晚班轮去的，船到桐庐，已经是灯火微明的黄昏时候了，不得已就只得在码头近边的一家旅馆的高楼上借了一宵宿。

桐庐县城，大约有三里路长，三千多烟灶，一二万居民，地在富春江西北岸，从前是皖浙交通的要道，现在杭江铁路一开，似乎没有一二十年前的繁华热闹了。尤其要使旅客感到萧条的，却是桐君山脚下的那一队花船的失去了踪影。说起桐君山，原是桐庐县的一个接近城市的灵山胜地，山虽不高，但因有仙，自然是灵了。以形势来论，这桐君山，也的确是可以产生出许多口音生硬，别具风韵的桐严嫂来的生龙活脉，地处在桐溪东岸，正当桐溪和富春江合流之所，依依一水，西岸便瞰视着桐庐县市的人家烟树。南面对江，便是十里长州；唐诗人方干的故居，就在这十里桐洲九里花的花田深处。向西越过桐庐县城，更遥遥对着一排高低不定的青峦，这就是富春山的山子山孙了。东北面山下，是一片桑麻沃地，有一条长蛇似的官道，隐而复现，出没盘曲在桃花杨柳洋槐榆树的中间，绕过一支小岭，便是富阳县的境界，大约去程明道的墓地程坟，总也不过一二十里地的间隔，我的去拜谒桐君，瞻仰道观，就在那一天到桐庐的晚上，是淡云微月，正在作雨的时候。

鱼梁渡头，因为夜渡无人，渡船停在东岸的桐君山下。我从旅馆踱了出来，先在离轮埠不远的渡口停立了几分钟，后来问一位来渡口洗夜饭米的年轻少妇，弓身请问了一回，才得到了渡江的秘诀。她说："你只须高喊两三声，船自会来的。"先谢了她教我的好意，然后以两手围成了播音的喇叭，"喂，喂，渡船请摇过来！"地纵声一喊，果然在半江的黑影当中，船身摇动了。渐摇渐近，五分钟后，我在渡口，却终于听出了咿呀柔橹的声音。时间似乎已经入了酉时的下刻，小市里的群动，这时候都已经静息，自从渡口的那位少妇，在微茫的夜色里，藏去了她那张白团团的面影之后，我独立在江边，不知不觉心里头却兀自感到了一种他乡日暮的悲哀。渡船到岸，船头上起了几声微微的水浪清音，又铜东的一响，我早已跳上了船，渡船也已经掉过头来了。坐在黑沉沉的舱里，我起先只在静听着柔橹划水的声音，然后却在黑影里看出了一星船家在吸着的长烟管头上的烟火，最后因为沉默压迫不过，我只好开口说话了："船家！你这样的渡我过去，该给你几个船钱？"我问。"随你先生把几个就是。"船家说话冗慢幽长，似乎已经带着些睡意了，我就向袋里摸出了两角钱来。"这两角钱，就算是我的渡船钱，请你候我一会，上去烧一次夜香，我是依旧要渡过江来的。"船家的回答，只是恩恩乌乌，幽幽同牛叫似的一种鼻音，然而从继这鼻音而起的两三声轻快的喀声听来，他却已经在感到满足了，因为我也知道，乡间的义渡，船钱最多也不过是两三枚铜子而已。

到了桐君山下，在山影和树影交掩着的崎岖道上，我上岸走不上几步，就被一块乱石绊倒，滑跌了一次。船家似乎也动了恻隐之心了，一句话也不发，跑将上来，他却突然交给了我一盒火柴。我于感谢了一番他的盛意之后，重整步武，再摸上山去，先是必须点一枝火柴走三五步路的，但到得半山，路既就了规律，而微云堆里的半规月色，也朦胧地现出一痕银线来了，所以手里还存着的半盒火柴，就被我藏入了袋里。路是从山的西北，盘曲而上，渐走渐高，半山一到，天也开朗了一点，桐庐县市上的灯光，也星星可数了。更纵目向江心望去，富春江两岸的船上和桐溪合流口停泊着的船尾船头，也看得出一点一点的火来。走过半山，桐君观里的晚祷钟鼓，似乎还没有息尽，耳朵里仿佛听见了几丝木鱼钲钹的残声。走上山顶，先在半途遇着了一道道观外围的女墙，这女墙的栅门，却已经掩上了。在栅门外徘徊了一刻，觉得已经到了此门而不进去，终于是不能满足我这一次暗夜冒险的好奇怪癖的。所以细想了几次，还是决心进去，非进去不可，轻轻用手往里面一推，栅门却呀的一声，早已退向了后方开开了，这门原来是虚掩在那里的。进了栅门，踏着为淡月所映照的石砌平路，向东向南的前走了五六十步，居然走到了道观的大门之外，这两扇朱红漆的大门，不消说是紧闭在那里的。到了此地，我却不想再破门进去了，因为这大门是朝南向着大江开的，门外头是一条一丈来宽的石砌步道，步道的一旁是道观的墙，一旁便是山坡，靠山坡的一面，并且还有一道二尺来高的石墙筑在那里，大约是代替栏杆，防人倾跌下山去的用意，石墙之上，铺的是二三尺宽的青石，在这似石栏又似石凳的墙上，尽可以坐卧游息，饱看桐江和对岸的风景，就是在这里坐它一晚，也很可以，我又何必去打开门来，惊起那些老道的恶梦呢？

空旷的天空里，流涨着的只是些灰白的云，云层缺处，原也看得出半角的天，和一点两点的星，但看起来最饶风趣的，却仍是欲藏还露，将见仍无的那半规月影。这时候江面上似乎起了风，云脚的迁移，更来得迅速了，而低头向江心一看，几多散乱着的船里的灯光，也忽明忽灭地变换了一变换位置。

这道观大门外的景色，真神奇极了。我当十几年前，在放浪的游程里，曾向瓜州京口一带，消磨过不少的时日，那时觉得果然名不虚传的，确是甘露寺外的江山，而现在到了桐庐，昏夜上这桐君山来一看，又觉得这江山的秀而且静，风景的整而不散，却非那天下第一江山的北固山所可与比拟的了。真也难怪得严子陵，难怪得戴徵士，倘使我若能在这样的地方结屋读书，颐养天年，那还要什么的高官厚禄，还要什么的浮名虚誉哩？一个人在这桐君观前的石凳上，看看山，看看水，看看城中的灯火和天上的星云，更做做浩无边际的无聊的幻梦，我竟忘记了时刻，忘记了自身，直等到隔江的击柝声传来，向西一看，忽而觉得城中的灯影微茫地火了，才跑也似地走下了山来，渡江奔回了客舍。

第二日侵晨[①]，觉得昨天在桐君观前做过的残梦正还没有续完的时候，窗外面忽而传来了一阵吹角的声音。好梦虽被打破，但因这同吹筚篥似的商音哀咽，却很含着些荒凉的古意，并且晓风残月，杨柳岸边，也正好候船待发，上严陵去；所以心里纵

① 侵晨，黎明，早晨初现光亮，天快亮的时候。

怀着了些儿怨恨，但脸上却只现出了一痕微笑，起来梳洗更衣，叫茶房去雇船去。雇好了一只双桨的渔舟，买就了些酒菜鱼米，就在旅馆前面的码头上上了船。轻轻向江心摇出去的时候，东方的云幕中间，已现出了几丝红韵，有八点多钟了，舟师急得厉害，只在埋怨旅馆的茶房，为什么昨晚不预先告诉，好早一点出发。因为此去就是七里滩头，无风七里，有风七十里，上钓台去玩一趟回来，路程虽则有限，但这几日风雨无常，说不定要走夜路，才回来得了的。

过了桐庐，江心狭窄，浅滩果然多起来了。路上遇着的来往的行舟，数目也是很少，因为早晨吹的角，就是往建德去的快班船的信号，快班船一开，来往于两埠之间的船就不十分多了。两岸全是青青的山，中间是一条清浅的水，有时候过一个沙洲，洲上的桃花菜花，还有许多不晓得名字的白色的花，正在喧闹着春暮，吸引着蜂蝶。我在船头上一口一口地喝着严东关的药酒，指东话西地问着船家，这是什么山？那是什么港？惊叹了半天，称颂了半天，人也觉得倦了，不晓得什么时候，身子却走上了一家水边的酒楼，在和数年不见的几位已经做了党官的朋友高谈阔论。谈论之余，还背诵了一首两三年前曾在同一的情形之下做成的歪诗：

不是尊前爱惜身，佯狂难免假成真，曾因酒醉鞭名马，生怕情多累美人。

劫数东南天作孽，鸡鸣风雨海扬尘，悲歌痛哭终何补，义士纷纷说帝秦。

直到盛筵将散，我酒也不想再喝了，和几位朋友闹得心里各自难堪，连对旁边坐着的两位陪酒的名花都不愿意开口。正在这上下不得的苦闷关头，船家却大声地叫了起来说：

“先生，罗芷过了，钓台就在前面，你醒醒吧，好上山去烧饭吃去。”

擦擦眼睛，整了一整衣服，抬起头来一看，四面的水光山色又忽而变了样子了。清清的一条浅水，比前又窄了几分，四围的山包得格外的紧了，仿佛是前无去路的样子。并且山容峻削，看去觉得格外的瘦格外的高。向天上地下四围看看，只寂寂的看不见一个人类。双桨的摇响，到此似乎也不敢放肆了，钩的一声过后，要好半天才来一个幽幽的回响，静，静，静，身边水上，山下岩头，只沉浸着太古的静，死灭的静，山峡里连飞鸟的影子也看不见半只。前面的所谓钓台山上，只看得见两个大石垒，一间歪斜的亭子，许多纵横芜杂的草木。山腰里的那座祠堂，也只露着些废垣残瓦，屋上面连炊烟都没有一丝半缕，像是好久好久没有人住了的样子。并且天气又来得阴森，早晨曾经露一露脸过的太阳，这时候早已深藏在云堆里了，余下来的只是时有时无从侧面吹来的阴飕飕的半箭儿山风。船靠了山脚，跟着前面背着酒菜鱼米的船夫走上严先生祠堂去的时候，我心里真有点害怕，怕在这荒山里要遇见一个干枯苍老得同丝瓜筋似的严先生的鬼魂。

在祠堂西院的客厅里坐定，和严先生的不知第几代的裔孙谈了几句关于年岁水旱的话后，我的心跳也渐渐儿的镇静下去了，嘱托了他以煮饭烧菜的杂务，我和船家就从断碑乱石中间爬上了钓台。

东西两石垒，高各有二三百尺，离江面约两里来远，东西台相去只有一二百步，但其间却夹着一条深谷，立在东台，可以看得出罗芷的人家，回头展望来路，风景似乎散漫一点，而一上谢氏的西台，向西望去，则幽谷里的清景，却绝对的不像是在人间了。我虽则没有到过瑞士，但到了西台，朝西一看，立时就想起了曾在照片上看见过的威廉退儿的祠堂。这四山的幽静，这江水的青蓝，简直同在画片上的珂罗版色彩，一色也没有两样，所不同的，就是在这儿的变化更多一点，周围的环境更芜杂不整齐一点而已，但这却是好处，这正是足以代表东方民族性的颓废荒凉的美。

从钓台下来，回到严先生的祠堂——记得这是洪杨以后严州知府戴重建的祠堂——西院里饱啖了一顿酒肉，我觉得有点酩酊微醉了。手拿着以火柴柄制成的牙签，走到东面供着严先生神像的龛前，向四面的破壁上一看，翠墨淋漓，题在那里的，竟多是些俗而不雅的过路高官的手笔。最后到了南面的一块白墙头上，在离屋檐不远的一角高处，却看到了我们的一位新近去世的同乡夏灵峰先生的四句似邵尧夫而又略带感慨的诗句。夏灵峰先生虽则只知崇古，不善处今，但是五十年来，像他那样的顽固自尊的亡清遗老，也的确是没有第二个人。比较起现在的那些官迷财迷的南满尚书和东洋宦婢来，他的经术言行，姑且不必去论它，就是以骨头来秤秤，我想也要比什么罗三郎郑太郎辈，重到好几百倍。慕贤的心一动，醺人的臭技自然是难熬了，堆起了几张桌椅，借得了一枝破笔，我也在高墙上在夏灵峰先生的脚后放上了一个陈屁，就是在船舱的梦里，也曾微吟过的那一首歪诗。

从墙头上跳将下来，又向龛前天井去走了一圈，觉得酒后的喉咙，有点渴痒了，所以就又走回到了西院，静坐着喝了两碗清茶。在这四大无声，只听见我自己的啾啾喝水的舌音冲击到那座破院的败壁上去的寂静中间，同惊雷似地一响，院后的竹园里却忽而飞出了一声闲长而又有节奏似的鸡啼的声来。同时在门外面歇着的船家，也走进了院门，高声地对我说：

"先生，我们回去吧，已经是吃点心的时候了，你不听见那只公鸡在后山啼么？我们回去吧！"

编者注：

"因为近在咫尺，以为什么时候要去就可以去，我们对于本乡本土的名区胜景，反而往往没有机会去玩，或不容易下一个决心去玩的。"文风细腻的郁达夫去拜访严子陵，是一番怎样的情形呢？这位颇具硬气的古人将带给郁达夫怎样的情思呢？

白马湖之冬[①]

夏丏尊[②]

在我过去四十余年的生涯中，冬的情味尝得最深刻的要算十年前初移居白马湖的时候了。十年以来，白马湖已成了一个小村落，当我移居的时候，还是一片荒野。春晖中学的新建筑巍然矗立于湖的那一面，湖的这一面山脚下是小小的几间新平屋，住着我和刘君心如两家。此外两三里内没有人烟。一家人于阴历十一月下旬从热闹的杭州移居于这荒凉的山野，宛如投身于极带中。

那里的风，差不多日日有的，呼呼作响，好像虎吼，屋宇虽系新建，构造却极粗率，风从门窗隙缝中来，分外尖削。把门缝窗隙厚厚地用纸糊了，椽缝中却仍有透入，风刮的厉害的时候，天未夜就把大门关上，全家吃毕夜饭即睡入被窝里，静听寒风的怒号，湖水的澎湃。靠山的小后轩，算是我的书斋，

---

① 本文选自《平屋杂文》，开明出版社1992年版。

② 夏丏尊（1886—1946），名铸，字勉旃，后改字丏尊，浙江绍兴上虞人，文学家，语文学家。著有《平屋杂文》、《人间爱晚晴》等。

在全屋子中是风最少的一间，我常常把头上的罗宋帽拉得低低地在洋灯下工作至深夜。松涛如吼，霜月当窗，饥鼠吱吱在承尘上奔窜，我于这种时候，深感到萧瑟的诗趣，常独自拨划着炉灰，不肯就睡。把自己拟诸山水画中的人物，作种种幽妙的遐想。

现在白马湖到处都是树木了，当时尚一株树木都未种，月亮与太阳都是整个儿的。从上山起直要照到下山为止。在太阳好的时候，只要不刮风，那真和暖得不像冬天。一家人都坐在庭间曝日，甚至于吃午饭也在屋外，像夏天的晚饭一样。日光晒到那里，就把椅凳移到那里，忽然寒风来了，只好逃难似的各自带了椅凳逃入室中，急急把门关上。在平常的日子，风来大概在下午快要傍晚的时候，半夜即息。至于大风寒，那是整日夜狂吼，要二三日才止的。最严寒的几天，泥地看去惨白如水门汀，山色冻得发紫而暗，湖波泛深蓝色。

下雪原是我所不憎厌的，下雪的日子，室内分外明亮，晚上差不多不用燃灯，远山积雪，足供半个月的观看，举头即可从窗中望见。可是究竟是南方，每冬下雪不过一二次，我在那里所日常领略的冬的情味，几乎都从风来。白马湖的所以多风，可以说是有着地理上的原因的，那里环湖原都是山，而北首却有一个半里阔的空隙，好似故意张了袋口欢迎风来的样子。白马湖的山水，和普通的风景地相差不远，唯有风却与别的地方不同。风的多和大，凡是到过那里的人都知道的。风在冬季的感觉中，自古占着重要的因素，而白马湖的风尤其特别。

现在，一家就居上海多日了，偶然于夜深人静时听到风声的时候，大家就要提起白马湖来说，“白马湖不知今夜又刮得怎样厉害哩！”

编者注：

白马湖只是一片荒野，冬天也只有萧瑟而粗犷的北风。但在这风声里，却仿佛能够感觉到一种别样的诗趣，在这种诗趣里是一种对人生恬淡知足的心态，是一种豁达自然的精神。

庐山面目[1]

丰子恺

“咫尺愁风雨，匡庐不可登。只疑云雾里，犹有六朝僧。”（钱起）这位唐朝诗人教我们“不可登”，我们没有听他的话，竟在两小时内乘汽车登上了匡庐。这两小时内气候由盛夏迅速进入了深秋。上汽车的时候九十五度，在汽车中先藏扇子，后添衣服，下汽车的时候不过七十几度了。赴第三招待所的汽车驶过正街闹市的时候，庐山给我的最初印象竟是桃源仙境：土地平旷，屋舍俨然；有茶馆酒楼，百货之属；黄发垂髫，并怡然自乐。不过他们看见了我们没有“乃大惊”，因为上山避暑休养的人很多，招待所满坑满谷，好容易留两个房间给我们住。庐山避暑胜地，果然名不虚传。这一天天气晴朗，凭窗远眺，但见近处古木参天，绿荫蔽日；远处冈峦起伏，白云出没。有时一带树林忽然不见，变成了一片云海；有时一片白云忽然消散，变成了许多楼台。正在凝望之间，一朵白云冉冉而来，钻进了我们的房间里。倘是幽人雅士，一定大开窗户，欢迎它进

① 本文选自《丰子恺散文》，人民文学出版社2008年版。

来共住；但我犹未免为俗人，连忙关窗谢客。我想，庐山真面目的不容易窥见，就为了这些白云在那里作怪。

庐山的名胜古迹很多，据说共有两百多处。但我们十天内游踪所到的地方，主要的就是小天池、花径、天桥、仙人洞、含鄱口、黄龙潭、乌龙潭等处而已。夏禹治水的时候曾经登大汉阳峰，周朝的匡俗曾经在这里隐居，晋朝的慧远法师曾经在东林寺门口种松树，王羲之曾经在归宗寺洗墨，陶渊明曾经在温泉附近的栗里村住家，李白曾经在五老峰下读书，白居易曾经在花径咏桃花，朱熹曾经在白鹿洞讲学，王阳明曾经在舍身岩散步，朱元璋和陈友谅曾经在天桥作战……古迹不可胜计。然而凭吊也颇伤脑筋，况且我又不是诗人，这些古迹不能激发我的灵感，跑去访寻也是枉然。所以除了乘便之外，大都没有专程拜访。有时我的太太跟着孩子们去寻幽探险了，我独自高卧在海拔一千五百公尺的山楼上看看庐山风景照片和导游之类的书，山光照槛，云树满窗，尘嚣绝迹，凉生枕簟，倒是真正的避暑。我看到天桥的照片，游兴发动起来，有一天就跟着孩子们去寻访。爬上断崖去的时候，一位挂着南京大学徽章的教授告诉我："上面路很难走，老先生不必去吧。天桥的那条石头大概已经跌落，就只是这么一个断崖。"我抬头一看，果然和照片中所见不同：照片上是两个断崖相对，右面的断崖上伸出一根大石条来，伸向左面的断崖，但是没有达到，相距数尺，仿佛一脚可以跨过似的。然而实景中并没有石条，只是相距若干丈的两个断崖，我们所登的便是左面的断崖。我想，这地方叫做天桥，大概那根石条就是桥，如今桥已经跌落了。我们在断崖上坐看云起，卧听鸟鸣，又拍了几张照片，逍遥地步行回寓。晚餐的时候，我向管理局的同志探问这条桥何时跌落，他回答我说，本来没有桥，那照相是从某角度望去所见的光景。呵，我恍然大悟了：那位南京大学教授和我谈话的地方，即离开左面的断崖数十丈的地方，我的确看到有一根不很大的石条伸出在空中，照相镜头放在石条附近适当的地方，透视法就把石条和断崖之间的距离取消，拍下来的就是我所欣赏的照片。我略感不快，仿佛上了资本主义社会的商业广告的当。然而就照相术而论，我不能说它虚伪，只是“太”巧妙了些。天桥这个名字也古怪，没有桥为什么叫天桥？

含鄱口左望扬子江，右瞰鄱阳湖，天下壮观，不可不看。有一天我们果然爬上了最高峰的亭子里。然而白云作怪，密密层层地遮盖了江和湖，不肯给我们看。我们在亭子里吃茶，等候了好久，白云始终不散，望下去白茫茫的，一无所见。这时候有一个人手里拿一把芭蕉扇，走进亭子来。他听见我们五个人讲土白，就和我招呼，说是同乡。原来他是湖州人，我们石门湾靠近湖州边界，语音相似。我们就用土白同他谈起天来。土白实在痛快，个个字入木三分，极细致的思想感情也充分表达得出。这位湖州客也实在不俗，句句话都动听。他说他在上海，到汉口去望儿子，归途在九江上岸，乘便一游庐山。我问他为什么带芭蕉扇，他回答说，这东西妙用无穷：热的时候扇风，太阳大的时候遮荫，下雨的时候代伞，休息的时候当坐垫，这好比济公活佛的芭蕉扇。因此后来我们谈起他的时候就称他为“济公活佛”。互相叙述游览经过的时候，他说他昨天上午才上山，知道正街上的馆子规定时间卖饭票，他就在十一点钟先买了饭票，然后买一瓶酒，跑到小天池，在革命烈士墓前奠了酒，游览了一番，然后拿了酒瓶回到馆子里来吃午饭，这顿午饭吃得真开心。这番话我也听得真开心。白云只管把扬子江和鄱阳湖封锁，死不肯给我们看。时候不早，汽车在山下等候，我们只得别了“济公活佛”回招待所去。此后“济公活佛”就变成了我们的谈话资料。姓名地址都没有问，再见的希望绝少，我们已经把他当作小说里的人物看待了。谁知天地之间事有凑巧：几天之后我们下山，在九江的浔庐餐厅吃饭的时候，“济公活佛”忽然又拿着芭蕉扇出现了。原来他也在九江候船返沪。我们又互相叙述别后游览经过。此公单枪匹马，深入不毛，所到的地方比我们多得多。我只记得他说有一次独自走到一个古塔的顶上，那里面跳出一只黄鼠狼来，他打湖州白说：“渠被吾吓了一吓，吾也被渠吓了一吓！”我觉得这简直是诗，不过没有叶韵。宋杨万里诗云：“意行偶到无人处，惊起山禽我亦惊。”岂不就是这种体验吗？现在有些白话诗不讲叶韵，就把白话写成每句一行，一个“但”字占一行，一个“不”也占一行，内容不知道说些什么，我真不懂。这时候我想：倘能说得像我们的“济公活佛”那样富有诗趣，不叶韵倒也没有什么。

在九江的浔庐餐厅吃饭，似乎同在上海差不多。山上的吃饭情况就不同：我们住的第三招待所离开正街有三四里路，四周毫无供给，吃饭势必包在招待所里。价钱很便宜，饭菜也很丰富。只是听凭配给，不能点菜，而且吃饭时间限定。原来这不是菜饭，是一个膳堂，仿佛学校的饭厅。我有四十年不过饭厅生活了，颇有返老还童之感。跑三四里路，正街上有一所菜馆。然而这菜馆也限定时间，而且供应量有限，若非趁早买票，难免枵腹游山。我们在轮船里的时候，吃饭分五六班，每班限定二十分钟，必须预先买票。膳厅里写明请勿喝酒。有一个乘客说："吃饭是一件任务。"我想：轮船里地方小，人多，倒也难怪；山上游览之区，饭食一定便当。岂知山上的菜馆不见得比轮船里好些。我很希望下年这种办法加以改善。为什么呢？这到底是游览之区！并不是学校或学习班！人们长年劳动，难得游山玩水，游兴好的时候难免把吃饭延迟些，跑得肚饥的时候难免想吃些点心。名胜之区的饭食供应倘能满足游客的愿望，使大家能够畅游，岂不是美上加美呢？然而庐山给我的总是好感，在饮食方面也有好感：青岛啤酒开瓶的时候，白沫四散喷射，飞溅到几尺之外。我想，我在上海一向喝光明啤酒，原来青岛啤酒气足得多。回家赶快去买青岛啤酒。岂知开出来同光明啤酒一样，并无白沫飞溅。呵，原来是海拔一千五百公尺的气压的关系！庐山上的啤酒真好！

编者注：

古人云"不识庐山真面目，只缘身在此山中"。在丰子恺眼中，云是灵动的，或聚或散，富于变化，茫茫一片掩映别样景致。

桐庐行[①]

柯灵[②]

我生长在水乡，水使我感到亲切。如果我的性格里有明快的成分，那是水给我的，那澄明透澈的水，浅绿的水。

我多次横渡钱塘江，却只是往来两岸之间，没有机会沿江看看。钱塘上游的富春江，早就给我许多幻想了，直到最近，才算了却这个无关紧要的心愿。

江上旅游，最理想的，应当坐木船，浮家泛宅，不计时日，迎晓风，送夕阳，看明月，一路从从容容地走去，觉得什么地方好，就在那里停泊，等兴尽了再走。自然，在这样动乱的时代，这只是一种遐想。这次到富春江，从杭州出发，行程只有一天，早去晚回，雇的是一艘小火轮。抗战期间，从杭州到所谓“自由”区的屯溪，这是一条必经之路，舟楫往来，很热闹过一时；现在“曲终人不见，江上数峰青”，才还了它原来的清静。在

① 本文选自《柯灵散文选》，人民文学出版社2009年版。
② 柯灵（1909—2000），浙江绍兴人，散文家、剧作家。著有散文集《望春草》、杂文集《市楼独唱》，短篇小说集《掠影集》，电影剧本《不夜城》等。

目前这样“圣明”的“盛世”，专程游览而去的，大概这还算是第一次。

论风景，富春江最好的地方在桐庐到严州之间，出名的七里泷和严子陵钓台都在那一段；可是我们到了桐庐就折回了，没有再上去。原因有两种，时间限制是其一，主要的是因为那边不太平，据说有强盗，一种无以为生、铤而走险的“大国民”。安全第一，不去为上。这自然未免扫兴，好比拜访神交已久的朋友，到了门口没法进去，到底缘悭一面。妙的是桐庐这扇大门着实有点气派，虽然望门投止，也可以约略窥见那秀甲天下的光景。

从钱塘、富春溯江而上，经富阳到桐庐，整整走了九小时，约莫有二百里的水程。清早启碇，沐着袭人的凉意，上面是层云飘忽的高空，下面是一江粼粼的清流，天连水，水连天，交接处迎面挡着一道屏风似的山影。——这的确是屏，不像山，动人的是那色彩，浓蓝夹翠绿，深深浅浅，像用极细极细的工笔在淡青绢本上点出来的。这一路上去，目不暇接的是远远近近的山，明明暗暗的树，潮平岸阔，风正帆轻，偶或在无穷的原野中出现临河的小村小镇，听听遥岸的人声，也自有一种亲切和喜悦。

过了富阳，因为连日阴雨，山上的积水顺流而下，满江是赭色的急湍。船行本是逆流，这一来走得更慢。时间太久了，不断的“疲劳欣赏”渐渐使人感到单调。直到壁立的桐君山在船头出现，这才士气大振，似乎发现了新大陆。

拿经历来印证想象，过去这大半天所见的光景，跟我虚构的画面至少有点不符。我想象中的富春江没有这么开阔，夹岸对峙着悬崖峭壁，翠嶂青峰，另是一番深峻的气象。看到桐君山，我这才像是看到了梦中的旧相识。它巍然矗立，那么陡峭，那么庄严，似乎颇藐视我这个昂首惊喜的游人。山上没有什么嶙峋的怪石，却是杂树葱茏，有一株不知名的花树，众醉独醒，开得正在当令。绿云掩映之间，山巅掣出几间缥缈的屋子，有人正在窗前探首，向江心俯瞰。

船转过山脚，天目溪从斜刺里迎面而来，富春江是一片绀赭，而它却是溶溶的碧流，两种截然不同的颜色，在这里分成两半，形成稀有的奇景。

桐君山并不高，却以地位和形势取胜，兼有山和水的佳趣。背后是深谷，绵延的山脉；前面极目无垠，原野如绣，而两面临水，脚底下就是那滔滔东去的大江；隔岸相望，两江交叉处是桐庐的市廛一撮，另一面又是隔岸的青山。山顶的庙宇已经破残不堪，从那漏空的断壁，洞穿的飞檐，朱痕犹在的雕阑画栋之间，到处嵌进了山，望得见水。庙后的一株石榴，寂寞中兀自开得绚烂，那耀眼的艳红真当得起“如火如荼”的形容，似乎也只有这样的地方才配有它。站在山顶，居高临下，看看那幽深雄奇的气势，我想起历史，想起战争，想起我们的河山如此之美，而祖国偏又如此多难。在这次抗日战争中，桐庐曾经几度沦陷，缅想敌人立马山头，面对如此山川，而它的主人却是一个坚忍的、不可征服的民族，我不知激动他的是一种怎样的情感。

渡水过桐庐，从江边拾级而上，我们在街上闲闲地溜达了一回。这是个江城，同时是个山城，所以高高地矗立在水上。像喜欢杭州的龙井一样，我喜欢这个小城。好在小，比较整洁，有温暖亲切的感觉，令人向往丰乐和平、日长如年的岁月，不像有些小村小城，一接触到就使人想起灾难、贫穷、老死，想起我们民族的困厄。桐庐街道虽小，却并无逼窄之感，道旁疏疏地种着街树，这似乎是别的小城市中所不经见的。市街相当繁荣，有些房子正在建造。劫灰犹在，春意乍生，可以看出这个小城是相当富庶的。

临江有一家旅馆，两面临水。一位朋友曾经在那里投宿，据说入夜倚窗，看山间明月，江上渔灯，有不可描摹的情趣。可惜我们没有这个幸运。

数年来梦想的富春江，总算看过了。虽然连七里泷和钓台的面也没有见，可是到底逛了桐庐。这就够了！单为爬一次桐君山，也算得此行不虚！人们说上游如何如何的山回水曲，引人入胜；如何如何的柳暗花明，奇峰突起，看了桐庐，我们的想象有了驰骋的依托，从这里也可以得其一二，愿将此留供低徊，作他日直溯上游时的印证吧。

编者注：

“如果我的性格里有明快的成分，那是水给我的，那澄明透澈的水，浅绿的水。”在柯灵笔下，富春江上山的灵动、水的曲折、小城的悠闲，都给人以无穷的遐思，文字如水，恰恰就能倒影出作家的性格意趣。

黄山小记[①]

蒸子[②]

黄山在影片和山水画中是静静的，仿佛天上仙境，好像总在什么辽远而悬空的地方；可是身历其境，你可以看到这里其实是生气蓬勃的，万物在这儿生长发展，是最现实而活跃的童话诞生的地方。

从每一条小径走进去，阳光仅在树叶的空隙中投射过来星星点点的光彩，两旁的小花小草却都挤到路边来了；每一棵嫩芽和幼苗都在生长，无处不在使你注意：生命！生命！生命！就在这些小路上，我相信许多人都观看过香榧的萌芽，它伸展翡翠色的扇形，摸触得到它是“活”的。新竹是幼辈中的强者，静立一时，看着它往外钻，撑开根上的笋衣，周身蓝云云的，还罩着一层白绒，出落在人间，多么清新！这里的奇花都开在高高的树上，望春花、木莲花，都能与罕见的玉兰媲美，只是

① 本文选自《前线的颂歌》，人民文学出版社1959年版。

② 菡子（1921—2003），江苏省溧阳县人，著名作家。著有《和平博物馆》、《万妞》、《初晴集》、《素花集》、《前方》、《乡村的童年》、《乡村集》等。

她们的寿命要长得多；最近发现的仙女花，生长在高峰流水的地方，她涓洁、清雅，穿着白纱似的晨装，正像喷泉的姐妹。她早晨醒来，晚上睡着，如果你一天窥视着她，她是仙辈中最娇弱的幼年了。还有嫩黄的“兰香灯笼”——这是我们替她起的名字，先在低处看见她眼瞳似的小花，登高却看到她放苞了，成了一串串的灯笼，在一片雾气中，她亮晶晶的，在山谷里散发着一阵阵的兰香味，仿佛真是在喜庆之中；杜鹃花和高山玫瑰个儿矮些，但她们五光十色，异香扑鼻，人们也不难发现她们的存在。紫蓝色的青春花，暗红的灯笼花，也能攀山越岭，四处丛生，她们是行人登高热烈的鼓舞者。在这些植物的大家庭里，我认为还是叶子耐看而富有生气，它们形状各异，大小不一，有的纤巧，有的壮丽，有的是花是叶巧不能辨；叶子兼有红黄紫绿各种不同颜色，就是通称的绿叶，颜色也有深浅，万绿丛中一层层地深或一层层地浅，深的葱葱郁郁，油绿欲滴，浅的仿佛玻璃似的透明，深浅相间，正构成林中幻丽的世界。这里的草也是有特色的，悬岩上挂着长须（龙须草），沸水烫过三遍的幼草还能复活（还魂草），有一种草，一百斤中可以炼出三斤铜来，还有仙雅的灵芝草，既然也长在这儿，不知可肯屈居为它们的同类？黄山树木中最有特色的要算松树了，奇美挺秀，蔚然可观，日没中的万松林，映在纸上是世上少有的奇妙的剪影。松树大都长在石头缝里，只要有一层尘土就能立脚，往往在断崖绝壁的地方伸展着它们的枝翼，塑造了坚强不屈的形象。“迎客松”、“异萝松”、“麒麟松”、“凤凰松”、“黑虎松”，都是松中之奇，莲花峰前的“蒲团松”顶上，可围坐七人对饮，这是多么有趣的事。

鸟儿是这个山林的主人，无论我登多少高（据估计有两万石级），总听见它们在头顶的树林中歌唱，我不觉把它们当作我的引路人了。在这三四十里的山途中，我常常想起不知谁先在这奇峰峻岭中种的树，有一次偶尔得到了答复，原来就是这些小鸟的祖先，它们衔了种子飞来，又靠风儿作媒，就造成了林，这个传说不会完全没有道理吧。玉屏楼和散花精舍的招待员都是听“神鸦”的报信为客人备茶的，相距头十里，聪明的鸦儿却能在一小时之内在这边传送了客来的消息，又飞到另一个地方去。夏天的黎明，我发现有一种鸟儿是能歌善舞的，它像银燕似地自由飞翔，忽上忽下，忽左忽右，我难以捉摸它灵活的舞姿，它的歌声清脆嘹亮委婉动听，是一支最亲切的晨歌，从古人的黄山游记中我猜出它准是八音鸟或山乐鸟。在这里居住的动物最聪明的还是猴子，它们在细心观察人们的生活，据说新四军游击队在这山区活动的时候，看见它们抬过担架，它们当中也有“医生”。一个猴子躺下，就去找一个猴医来，由它找些药草给病猴吃。在深壑绿林之中，也有人看见过老虎、蟒蛇、野牛、羚羊出没，有人明明看见过美丽的鹿群，至今还能描叙它们机警的眼睛。我们还在从始信峰回温泉的途上小溪中捉到过十三条娃娃鱼，它们古装打扮，有些像《梁山伯与祝英台》中的书僮，头上一面一个圆髻。一定还有许多我不知道的动物，古来号称五百里的黄山，实在还有许多我们不能到达的地方，最好有个黄山勘探队，去找一找猴子的王国和鹿群的家乡以及各种动物的老巢。

从黄山发出最高音的是瀑布流泉。有名的“人字瀑”、“九龙瀑”、“百丈瀑”并非常常可以看到，但是急雨过后，水自天上来，白龙骤下，风声瀑声，响彻天地之间，“带得风声入浙川”，正是它一路豪爽之气。平时从密林里观流泉，如丝如带，缭绕林间，往往和漂泊的烟云结伴同行。路边的溪流淙淙作响，有人随口念道：“人在泉上过，水在脚边流。”悠闲自得可以想见。可是它绝非静物，有时如一斛珍珠迸发，有时如两丈白缎飘舞，声貌动人，乐于与行人对歌。温泉出自朱砂，有时可以从水中捧出它的本色，但它汇聚成潭，特别在游泳池里，却好像是翠玉色的，蓝得发亮，像晴明的天空。

在狮子林清凉台两次看东方日出，第一次去迟了些，我只能为一片雄浑瑰丽的景色欢呼，内心漾溢着燃烧般的感情，第二次我才虔诚地默察它的出现。先是看到乌云镶边的衣裙，姗姗移动，然后太阳突然上升了，半圆形的，我不知道它有多大，它的光辉立即四射开来，随着它的上升，它的颜色倏忽千变、朱红、橙黄、淡紫……，它是如此灿烂、透明，在它的照耀下万物为之增色，大地的一切也都苏醒了，可是它自己却在统体的光亮中逐渐隐着身子，和宇宙溶成一体。如果我不认识太阳，此时此景也会用这个称号去称赞它。云彩在这山区也是天然的景色，住在山上，清晨，白云常来作客，它在窗外徘徊，伸手可取，出外散步，就踏着云朵走来走去。有时它们迷漫一片使整个山区形成茫茫的海面，只留最高的峰尖，像大海中的点点岛屿，这就是黄山著名的云海奇景。我爱在傍晚看五彩的游云，它们扮成侠士仕女，骑龙跨凤，有盛装的车舆，随行的乐队，当他们列队缓缓行进时，隔山望去，有时像海面行舟一般。在我脑子里许多美丽的童话，都是由这些游云想起来的。黄山号称七十二峰，各有自己的名称，什么莲花峰、始信峰、天都峰、石笋峰……或象形或寓意各有其肖似之处。峰上由怪石奇树形成的“采莲船”、“五女牧羊”、“猴子观桃”、“喜鹊登梅”、“梦笔生花”等等，胜过匠人巧手的安排。对那连绵不绝的峰部，我愿意远远地从低处看去，它们与松树相接，映在天际，黑白分明，真有锦绣的感觉。

漫游黄山，随处可以歇脚，解放以后不仅“云谷寺”、“半山寺”面目一新，同时保留了古刹的风貌，但是比起前后山崭新的建筑如“观瀑楼”、“黄山宾馆”、“黄山疗养院”、“岩音小筑”、“玉屏楼”、“北海宾馆”、管理处大楼和游泳池等，又都是小巫见大巫了，上山的路，休息的亭子，跨溪的小桥，更今非昔比，过去使人视为畏途和冷落荒芜的地方，现在却像你的朋友似地在前面频频招手。这些建筑都有自己的光彩，它新颖雄伟，使黄山的每一个角落都显得生动起来。这里原是避暑圣地，酷暑时外面热得难受，这里还是春天气候。但也不妨春秋冬去，那里四季都是最清新而丰美的公园。

古今多少诗人画家描写过黄山的异峰奇景，我是不敢媲美的。旅行家徐霞客说过：“五岳归来不看山，黄山归来不看岳”，我阅历不深，只略能领会他豪迈的总评。登在这里的照片，我也只能证明它的真实而无法形容它的诗情画意，看来我的小记仅是为了补充我所见闻而画中看不到的东西。

编者注：

《黄山小记》犹如一幅幅风姿独具、色彩斑斓的山水风景画，展现在读者面前。它又如一首充满作者美好情感的抒情诗，处处透露出作者热爱自然、热爱生活、积极向上的真情实感。

历史回声

无声的中国
——二月十六日在香港青年会讲[①]

鲁迅

以我这样没有什么可听的无聊的讲演，又在这样大雨的时候，竟还有这许多来听的诸君，我首先应当声明我的郑重的感谢。

我现在所讲的题目是:《无声的中国》。

现在，浙江，陕西，都在打仗，那里的人民哭着呢还是笑着呢，我们不知道。香港似乎很太平，住在这里的中国人，舒服呢还是不很舒服呢，别人也不知道。

发表自己的思想，感情给大家知道的是要用文章的，然而拿文章来达意，现在一般的中国人还做不到。这也怪不得我们;因为那文字，先就是我们的祖先留传给我们的可怕的遗产。人们费了多年的工夫，还是难于运用。因为难，许多人便不理它了，甚至于连自己的姓也写不清是张还是章，或者简直不会写，

---

① 本文选自《中央日报》1929年3月23日版。

或者说道：Chang。虽然能说话，而只有几个人听到，远处的人们便不知道，结果也等于无声。又因为难，有些人便当作宝贝，像玩把戏似的，之乎者也，只有几个人懂，——其实是不知道可真懂，而大多数的人们却不懂得，结果也等于无声。

文明人和野蛮人的分别，其一，是文明人有文字，能够把他们的思想，感情，藉此传给大众，传给将来。中国虽然有文字，现在却已经和大家不相干，用的是难懂的古文，讲的是陈旧的古意思，所有的声音，都是过去的，都就是只等于零的。所以，大家不能互相了解，正像一大盘散沙。

将文章当作古董，以不能使人认识，使人懂得为好，也许是有趣的事罢。但是，结果怎样呢？是我们已经不能将我们想说的话说出来。我们受了损害，受了侮辱，总是不能说出些应说的话。拿最近的事情来说，如中日战争，“拳匪事件”，民元革命这些大事件，一直到现在，我们可有一部像样的著作？民国以来，也还是谁也不作声。反而在外国，倒常有说起中国的，但那都不是中国人自己的声音，是别人的声音。

这不能说话的毛病，在明朝是还没有这样厉害的；他们还比较地能够说些要说的话。待到满洲人以异族侵入中国，讲历史的，尤其是讲宋末的事情的人被杀害了，讲时事的自然也被杀害了。所以，到乾隆年间，人民大家便更不敢用文章来说话了。所谓读书人，便只好躲起来读经，校刊古书，做些古时的文章，和当时毫无关系的文章。有些新意，也还是不行的；不是学韩，便是学苏。韩愈苏轼他们，用他们自己的文章来说当时要说的话，那当然可以的。我们却并非唐宋时人，怎么做和我们毫无关系的时候的文章呢。即使做得像，也是唐宋时代的声音，韩愈苏轼的声音，而不是我们现代的声音。然而直到现在，中国人却还要着这样的旧戏法。人是有的，没有声音，寂寞得很。——人会没有声音的么？没有，可以说，是死了。倘要说得客气一点，那就是：已经哑了。

要恢复这多年无声的中国，是不容易的，正如命令一个死掉的人道："你活过来！"我虽然并不懂得宗教，但我以为正如想出现一个宗教上之所谓"奇迹"一样。

首先来尝试这工作的是"五四运动"前一年，胡适之先生所提倡的"文学革命"。"革命"这两个字，在这里不知道可害怕，有些地方是一听到就害怕的。但这和文学两字连起来的"革命",却没有法国革命的"革命"那么可怕,不过是革新，改换一个字，就很平和了，我们就称为"文学革新"罢，中国文字上，这样的花样是很多的。那大意也并不可怕，不过说：我们不必再去费尽心机，学说古代的死人的话，要说现代的活人的话；不要将文章看作古董，要做容易懂得的白话的文章。然而，单是文学革新是不够的，因为腐败思想，能用古文做，也能用白话做。所以后来就有人提倡思想革新。思想革新的结果，是发生社会革新运动。这运动一发生，自然一面就发生反动，于是便酿成战斗……

但是，在中国，刚刚提起文学革新，就有反动了。不过白话文却渐渐风行起来，不大受阻碍。这是怎么一回事呢？就因为当时又有钱玄同先生提倡废止汉字，用罗马字母来替代。这本也不过是一种文字革新，很平常的，但被不喜欢改革的中国人听见，就大不得了了，于是便放过了比较的平和的文学革命，而竭力来骂钱玄同。白话乘了这一个机会，居然减去了许多敌人，反而没有阻碍，能够流行了。

中国人的性情是总喜欢调和，折中的。譬如你说，这屋子太暗，须在这里开一个窗，大家一定不允许的。但如果你主张拆掉屋顶，他们就会来调和，愿意开窗了。没有更激烈的主张，他们总连平和的改革也不肯行。那时白话文之得以通行，就因为有废掉中国字而用罗马字母的议论的缘故。

其实，文言和白话的优劣的讨论，本该早已过去了，但中国是总不肯早早解决的，到现在还有许多无谓的议论。例如，有的说：古文各省人都能懂，白话就各处不同，反而不能互相了解了。殊不知这只要教育普及和交通发达就好，那时就人人都能懂较为易解的白话文；至于古文，何尝各省人都能懂，便是一省里，也没有许多人懂得的。有的说：如果都用白话文，人们便不能看古书，中国的文化就灭亡了。其实呢，现在的人们大可以不必看古书，即使古书里真有好东西，也可以用白话来译出的，用不着那么心惊胆战。他们又有人说，外国尚且译中国书，足见其好，我们自己倒不看么？殊不知埃及的古书，外国人也译，非洲黑人的神话，外国人也译，他们别有用意，即使译出，也算不了怎样光荣的事的。近来还有一种说法，是思想革新紧要，文字改革倒在其次，所以不如用浅显的文言来作新思想的文章，可以少招一重反对。这话似乎也有理。然而我们知道，连他长指甲都不肯剪去的人，是决不肯剪去他的辫子的。

因为我们说着古代的话，说着大家不明白，不听见的话，已经弄得像一盘散沙，痛痒不相关了。我们要活过来，首先就须由青年们不再说孔子孟子和韩愈柳宗元们的话。时代不同，情形也两样，孔子时代的香港不这样，孔子口调的“香港论”是无从做起的，“吁嗟阔哉香港也”，不过是笑话。

我们要说现代的，自己的话；用活着的白话，将自己的思想，感情直白地说出来。但是，这也要受前辈先生非笑的。他们说白话文卑鄙，没有价值；他们说年青人作品幼稚，贻笑大方。我们中国能做文言的有多少呢，其余的都只能说白话，难道这许多中国人，就都是卑鄙，没有价值的么？至于幼稚，尤其没有什么可羞，正如孩子对于老人，毫没有什么可羞一样。幼稚是会生长，会成熟的，只不要衰老，腐败，就好。倘说待到纯熟了才可以动手，那是虽是村妇也不至于这样蠢。她的孩子学走路，即使跌倒了，她决不至于叫孩子从此躺在床上，待到学会了走法再下地面来的。

青年们先可以将中国变成一个有声的中国。大胆地说话，勇敢地进行，忘掉了一切利害，推开了古人，将自己的真心的话发表出来。——真，自然是不容易的。譬如态度，就不容易真，讲演时候就不是我的真态度，因为我对朋友，孩子说话时候的态度是不这样的。——但总可以说些较真的话，发些较真的声音。只有真的声音，才能感动中国的人和世界的人；必须有了真的声音，才能和世界的人同在世界上生活。

我们试想现在没有声音的民族是那几种民族。我们可听到埃及人的声音？可听到安南，朝鲜的声音？印度除了泰戈尔，别的声音可还有？

我们此后实在只有两条路：一是抱着古文而死掉，一是舍掉古文而生存。

编者注：

在简体字、白话文已成为主流的今天，许多人都已忘了几十年前的那次文学大变革，那场关于文白之争的大争论。在失声的历史背后，是先行者的阵阵呐喊。

要为自由而战斗①

卓别林②

遗憾得很，我并不想当皇帝，那不是我干的行当，我既不想统治任何人，也不想征服任何人。如果可能的话，我倒想帮助任何人，不论是犹太人或是基督徒，是黑种人还是白种人。

我们都要互相帮助，做人就是应当如此。我们要把幸福建筑在别人的幸福上，而不是建筑在别人的痛苦上。我们不要互相仇恨，互相鄙视。

生活的道路可以是自由的，美丽的，只可惜我们迷失了方向。贪婪毒化了人的灵魂，在全世界筑起仇恨的壁垒，强迫我们踏着正步走向苦难，进行屠杀。我们发展了速度，但是我们隔离了自己；机器应当是创造财富的，但它们反而给我们带来了穷困；我们有了知识，反而看破了一切；我们学得聪明乖巧了，反而变得冷酷无情。我们头脑用得太多了，感情用得太少了。我们更需要的不是机器，而是人性；我们更需要的不是聪

---

① 本文为电影《大独裁者》结尾的演说词。

② 查尔斯·斯宾赛·“查理”·卓别林爵士（1889—1977），是一位英国喜剧演员及反战人士，后来也成为一名非常出色的导演。

明乖巧，而是仁慈、温情。缺少了这些东西，人生就会变得凶暴，一切也都完了。

飞机和无线电缩短了我们之间的距离。这些东西的性质，本身就是为了发挥人类的优良品质，要求全世界的人彼此相爱，要求我们大家互相团结。

现在世界上就有千百万人听到我的声音——千百万失望的男人、女人、小孩——他们都是一个制度下的受害者，这个制度使人受尽折磨，把无辜者投进监狱。我要向那些听得见我谈话的人说："不要绝望啊！"我们现在受到苦难，这只是因为那些害怕人类进步的人在即将消逝之前发泄他们的怨毒，满足他们的贪婪。这些人的仇恨会消失的，独裁者会死亡的，他们从人民那里夺去的权力会重新回到人民手中的。只要我们不怕死，自由是永远不会消失的。

战士们，你们别去为那些野兽们卖命啊！他们鄙视你们，奴役你们，统治你们，吩咐你们应当做什么，应当想什么，应当具有什么样的感情！他们强迫你们去操练——限定你们的伙食，把你们当牲口，用你们当炮灰。你们别去受这些丧失了理性的人摆布了。他们都是一伙机器人，长的是机器人的脑袋，有的是机器人的心肝！可是你们不是机器！你们是人！你们心里有着人的爱！不要仇恨哪！只有那些得不到爱的人才仇恨别人。只有那些丧失了理性的人才仇恨别人！

战士们！不要为奴役而战斗！要为自由而战斗！《路加福音》第十七章里写着：神的国就在人的心里。不是在一个人或一群人的心里，而是在所有人的心里！你们人民有力量，有创造机器的力量，有创造幸福的力量！你们人民有力量建立起自由美好的生活，使生活更有意义。那么，为了民主，就让我们使出力量来吧，就让我们团结在一起吧！就让我们进行战斗，建设一个新的世界。一个美好的世界。它将使每一个人都有工作的机会，它将使青年人都有光明的前途，老年人都有安定的生活。

那些野兽也就是用这些诺言窃取了权力。但是他们是说谎！他们从来不去履行他们的诺言。独裁者自己享有幸福，但是他们使人民沦为奴隶。现在就让我们进行斗争，为了消除贪婪、仇恨、顽固，让我们进行斗争，为了建立一个理智的世界。在那个世界上，科学与进步将使我们所有的人获得幸福。战士们，为了民主，让我们团结在一起！

哈娜，你听见我在说什么吗？不管你在哪里，你抬起头来看哪！抬起头来看哪，哈娜，乌云正在消散，阳光照射进来！我们正在离开黑暗，进入光明！我们正在进入一个新世界。一个更可爱的世界。那里的人将克服他们的贪婪、他们的仇恨、他们的残忍。抬起头来看哪，哈娜，人的灵魂已长了翅膀，他们终于要振翅飞翔了。他们飞到霓虹里。飞到了希望的光影里。抬起头来看呀，哈娜！抬起头来看呀！

编者注：

本文为卓别林的《大独裁者》影片结尾的演说词，被公认为卓别林一生中最精彩的演说。从卓别林的《城市之光》等作品中不难发现，他对底层人民有着深切的同情和关爱，是自由和民主的坚定支持者。

在葛底斯堡国家公墓的演说[①]

林肯[②]

在八十七年前，我们的国父们在这块土地上创建一个新的国家，乃基于对自由的坚信，并致力于所有人皆生而平等的信念。

当下吾等被卷入一场伟大的内战，以考验是否此国度，或任何肇基于和奉献于斯者，可永垂不朽。吾等现相逢于此战中一处浩大战场。而吾等将奉献此战场之部分，作为这群交付彼者生命让那国度勉能生存的人们最后安息之处。此乃全然妥切且适当而为吾人应行之举。

但，于更大意义之上，吾等无法致力、无法奉上、无法成就此土之圣。这群勇者，无论生死，曾于斯奋战到底，早已使其神圣，而远超过吾人卑微之力所能增减。这世间不曾丝毫留

---

① 本文选自《演讲经典》，山东人民出版社2003年版。

② 亚伯拉罕·林肯（Abraham Lincoln，1809—1865），美国政治家、思想家，第16任美国总统，在总统任内，废除了南方各州的奴隶制度。内战结束后不久，林肯遇刺身亡，曾位列最伟大总统排名第一位。

意，也不长久记得吾等于斯所言，但永不忘怀彼人于此所为。吾等生者，理应当然，献身于此辈鞠躬尽瘁之未完大业。吾等在此责无旁贷献身于眼前之伟大使命：自光荣的亡者之处吾人肩起其终极之奉献。

吾等在此答应亡者之死当非徒然一此国度，于神佑之下，当享有自由之新生——民有、民治、民享之政府当免于凋零。

编者注：

这次演说是美国历史上最伟大的演说之一，也是美国历史上为人引用最多之政治性演说。可以毫不夸张地说这次演说改变了美国，并深深地影响了世界。

一个普通美国人的伟大之处[①]

爱默生[②]

当噩耗越过海洋，越过陆地，从一个国家传到另一个国家，我们相聚在灾难的阴影中，像预料之外的日食遮盖世界，它给整个文明世界的善良人心头蒙上了阴影。尽管人类历史如此漫长，悲剧如此多样，我怀疑是任何人的逝世像这次一样对人类造成如此巨大的悲痛，或在宣布消息时引起人类如此巨大的哀伤。

与其说这是由于现代艺术将各民族十分紧密地联系在一起，倒不如说是因为当今与美国的名字和制度相联系的神秘希望和恐惧。在这个国家，上个星期六使所有的人都目瞪口呆。当他们对这一可怕打击冥思时，最初只是在内心最深处有所意识。

也许，到了目前这一时刻，当这装有总统遗体的棺柩正在

---

① 本文选自《中外名人经典演讲辞》，新世界出版社2010年版。

② 拉尔夫·沃尔多·爱默生（1803—1882），美国思想家，诗人。爱默生是确立美国文化精神的代表人物。美国前总统林肯称他为“美国的孔子”、“美国文明之父”。

运回伊利诺斯家乡，沿途各州正在举行致哀活动，我们应该沉默，让时间的怒吼折磨我们。

然而，这最初的绝望是短暂的，我们不能就这样哀悼他。他曾是最活跃、最有希望获得成功的人。他的事业并没有毁掉。对他的工作的赞誉和喝彩谱成了一曲凯歌，即使人们的伤心泪水也不能淹没它。总统在我们面前是人民中的一员。他是地道的美国人，从未漂洋过海，从未被英国的偏狭或法国的放荡所侵蚀。就像橡树上的橡果，他是一个温和的、朴素的、土生土长的人，既不崇洋媚外，也不哗众取宠。他生在肯塔基州，长在农场，曾是平民船员，在黑鹰战争时任船长，还当乡村律师和伊利诺斯农村地区立法机构的代表——他的博大声誉就是建筑在如此谦卑的基础上。经过十分缓慢而愉快的准备阶段，他进入了自己的位置！我们大家都记得——那只不过是五六年前的事——他首次在芝加哥被提名时国民所表现出的惊讶和失望。西沃德先生当时声誉甚高，是东部各州的红人。当林肯这个新的、比较陌生的名字被宣布时（尽管有对此喝彩的报道），我们冷淡伤心地听取了结果。在这样令人忧虑的时刻，仅凭一个人在某个地区的名望就赋予如此重大的责任，似乎操之过急，人们议论的话题自然是政治不可知论。然而结果并不是这样。伊利诺斯和西部的人们对他赞不绝口，他们把这些看法与同事分享，使他们可以在各自家乡的选区证明自己的正确观点。这一切都不是操之过急，尽管他们还没意识到这个人的全部价值。他是一个普通的人，却有不寻常的运气。培根勋爵说过："展示美德使人获得名望，隐藏自己的运气。"初次见面时，你看不出他身上有什么使人目眩的品格；但别人优越并不能使他逊色。他的面孔和风度能消除怀疑，提高自信和确保善意。他是一个没有恶习的人。他责任感强，易于服从大局。他还是个农民称之为精明的人，非常善于盘算，为自己的意见作辩解，并公正坚定地说服对方。

后来人们发现，他还是个伟大的工作者，而且具有惊人的工作才能，他工作起来轻松自如。工作好手本来十分少见，因为每个人都有某种毛病。而这个人却是从里到外都十分乐观，锲而不舍，对工作再合适不过了，而且他本人也最热爱工作。他性子非常好，具有忍让精神和平易近人的作风；作为一个公正的人，他根据请求者的愿望，和蔼可亲地、而不是神经过敏地对待无数来访者给他造成的折磨；而作为总统，他本来可以让别人做这些事情。

在战争引起的许多悲剧中，他的好性格化为一种高尚的人道主义。每个人都会记得，他在怜惜一个种族时是如何愈来愈亲切小心地处理问题的。可怜的黑人在一次令人难忘的场合是这样谈论他的："林肯先生无处不在。"他的广泛良好的幽默感是这个聪明人的另一财富。他可以轻松自然和别人进行诙谐的谈话，他十分擅长这样做，并从中得到乐趣，这使他可以不泄密，可以与社会各阶层人物接触，使即便是最严肃的决定也不那么锋芒毕露，以此掩盖他自己的目的，试探他的同事并本能地捕捉各种听众的情绪。

而且，最重要的是，这种好性格对在令人忧虑和筋疲力尽的危机中奋斗的人来说，是一种天然恢复剂，就像睡眠一样有效，也是一支预防针，防止操劳过度的大脑趋于烦恼成疯狂。他说过许多优秀格言，然而它们是以诙谐的方式表达的，最初决不会获得名声，而只是被视为笑话，直至后来这些格言为成千上万的人所传诵，人们才发现它们是时代的名言。我相信，如果此人是在印刷业不那么发达的时期执政，那么他可以靠他的寓言和格言在几年内就成为神话中的人物，像伊索、皮尔佩或七贤哲当中的一个。

今后，他的信件、文件和演讲中许多有分量有深度的段落必定会赢得盛誉，而现在，恰恰是因为刚刚运用了这些想法，它们反而显得默默无闻。多么意味深长的定义，多么完美的常识，多么远大的见识，而且在重大时刻，又表现出多么高尚、淳朴的人情味！他担任总统是人类美德的胜利，是公众信心的胜利。这个中产阶级的国家终于有了一个中产阶级的总统。这是指他的风度，他的同情心，而不是他的权力。因为他的权力是至高无上的。他掌握每天发生的问题。随着问题的发展，他对问题的理解也在加深。很少有人如此胜任。在惊恐与妒忌中间，在辩护人与当事人的一片喧闹声中，他以全部身心和诚实不懈的工作，努力弄清人民的需要以及如何满足他们的需要。如果确实有人受过公正的考验，那么他就是这个人。这样对他的评价可以说没有任何夸张。进行抵制、诽谤和嘲笑的也大有人在。在我们这个时代里，已无国家机密可言；国家经历了如此巨大的骚乱，必须给予十分的信任，不保留任何秘密。每道门都半开着，使我们可以看到里面发生的事情。随后我们遇到了战争的旋风，那是怎样的一个时刻啊！这时没有政府官员，没有只适合好天气航行的水手；在旋风中，新的领航员被匆匆地安排到舵前。在4年内，在四个战争的年代中，他的坚韧、足智多谋和宽宏大量经受了痛苦的考验，而且从未发现过不够格的现象。

因此，通过他的勇气、公正、良好秉性、足智多谋和人道精神，他成为历史新纪元的一位英雄人物。他就是那一时代美国人民的真实历史。他一步一步地走在他们前面，和他们一起放慢脚步，一起加快步伐。他是这个大陆的真正代表，是十分热心公益的人。作为国家之父，2000万人的脉搏在他心中跳动，他们的思想通过他的喉舌得到明确的表达。亚当·史密说，在霍布雷肯的英国国王和知名人士的画像中，斧子被刻在那些曾受劈砍之苦的人下面，这给画像增添了某种高贵的魅力。甚至在这场刚刚发生的悲剧中，谁又看不到暗杀的恐怖和毁坏是多么迅速地吞噬着受害者的光荣？比起在希望中生活，比起亲眼看着自己的官能衰退，比起目睹（也许甚至是他）众所周知的政治家的忘恩负义，比起看到小人得势，这种命运要愉快得多。他难道没有在生前遵守诺言吗？这是迄今一个人对他的同胞作出的最伟大的诺言——实际废除奴隶制。他看到田纳西、密苏里和马里兰解放了它们的奴隶，他看到萨凡纳、查尔斯顿和里士满投降；看到叛军的主力部队放下武器。他征服了加拿大、英国和法国的公众舆论。在运气方面，只有华盛顿可以与他相比。如果再把事情铺开些，结果是他已经到达了终点。这个历史性的救助人不能再为我们服务了；叛军已经到了该停止的地步；而下面所要做的工作需要独立的新人来承担——一种在战争的废墟上产生的新精神。同时，上帝为了向世人展示一个完美无缺的恩人，要让他以死亡而不是生存来更好地为他的国家服务。

正如柔顺和讨好的国王不是好国王一样，柔顺和讨好的民族也不是好民族。“国王的仁慈寓于正义和力量之中。”共和国的随和性格是一个危险的弱点，因此有必要让敌人施以暴行，迫使我们达到不寻常的坚定，以确保这一国家在以后得到拯救。

编者注：

情之所至，生者可以死，死者可以生。从某种意义上说，林肯的确是一位普通美国人，而他所服务的对象，为之而奋斗终至的人也正是千千万万的普通美国人，而这成就了他伟大的一生。

我有一个梦想[①]

马丁·路德·金[②]

今天，我高兴地同大家一起参加这次将成为我国历史上为争取自由而举行的最伟大的示威集会。

100年前，一位伟大的美国人签署了《解放黑奴宣言》，今天我们就是在他的雕像前集会。这一庄严宣言犹如灯塔的光芒，给千百万在那摧残生命的不义之火中饱受煎熬的黑奴带来了希望。它之到来犹如欢乐的黎明，结束了束缚黑人的漫漫长夜。

然而100年后的今天，我们必须正视黑人还没有得到自由这一悲惨的事实。100年后的今天，在种族隔离的镣铐和种族歧视的枷锁下，黑人的生活备受压榨。100年后的今天，黑人仍生活在物质充裕的海洋中一个穷困的孤岛上。100年后的今天，黑人仍然蜷缩在美国社会的角落里，并且意识到自己是故

---

① 本文选自《我有一个梦想》，中央编译出版社2001年版。

② 马丁·路德·金（1929—1968），著名的美国民权运动领袖。1963年8月27日在林肯纪念堂前发表《我有一个梦想》的演说。1964年获诺贝尔和平奖。1968年4月，马丁·路德·金前往孟菲斯市领导工人罢工后被人刺杀，时年39岁。

土家园中的流亡者。今天我们在这里集会，就是要把这种骇人听闻的情况公诸于世。

就某种意义而言，今天我们是为了要求兑现诺言而汇集到我们国家的首都来的。我们共和国的缔造者草拟宪法和独立宣言的气壮山河的词句时，曾向每一个美国人许下了诺言，他们承诺所有人——不论白人还是黑人——都享有不可让渡的生存权、自由权和追求幸福权。

就有色公民而论，美国显然没有实践她的诺言。美国没有履行这项神圣的义务，只是给黑人开了一张空头支票，支票上盖着“资金不足”的戳子后便退了回来。但是我们不相信正义的银行已经破产，我们不相信，在这个国家巨大的机会之库里已没有足够的储备。因此今天我们要求将支票兑现——这张支票将给予我们宝贵的自由和正义保障。

我们来到这个圣地也是为了提醒美国，现在是非常急迫的时刻。现在决非侈谈冷静下来或服用渐进主义的镇静剂的时候。现在是实现民主的诺言时候。现在是从种族隔离的荒凉阴暗的深谷攀登种族平等的光明大道的时候，现在是向上帝所有的儿女开放机会之门的时候，现在是把我们的国家从种族不平等的流沙中拯救出来，置于兄弟情谊的磐石上的时候。

如果美国忽视时间的迫切性和低估黑人的决心，那么，这对美国来说，将是致命伤。自由和平等的爽朗秋天如不到来，黑人义愤填膺的酷暑就不会过去。1963 年并不意味着斗争的结束，而是开始。有人希望，黑人只要撒撒气就会满足；如果国家安之若素，毫无反应，这些人必会大失所望的。黑人得不到公民的基本权利，美国就不可能有安宁或平静，正义的光明的一天不到来，叛乱的旋风就将继续动摇这个国家的基础。

但是对于等候在正义之宫门口的心急如焚的人们，有些话我是必须说的。在争取合法地位的过程中，我们不要采取错误的做法。我们不要为了满足对自由的渴望而抱着敌对和仇恨之杯痛饮。我们斗争时必须永远举止得体，纪律严明。我们不能容许我们的具有崭新内容的抗议蜕变为暴力行动。我们要不断地升华到以精神力量对付物质力量的崇高境界中去。

现在黑人社会充满着了不起的新的战斗精神，但是不能因此而不信任所有的白人。因为我们的许多白人兄弟已经认识到，他们的命运与我们的命运是紧密相连的，他们今天参加游行集会就是明证。他们的自由与我们的自由是息息相关的。我们不能单独行动。

当我们行动时，我们必须保证向前进。我们不能倒退。现在有人问热心民权运动的人，“你们什么时候才能满足？”

只要黑人仍然遭受警察难以形容的野蛮迫害，我们就绝不会满足。

只要我们在外奔波而疲乏的身躯不能在公路旁的汽车旅馆和城里的旅馆找到住宿之所，我们就绝不会满足。

只要黑人的基本活动范围只是从少数民族聚居的小贫民区转移到大贫民区，我们就绝不会满足。

只要我们的孩子被“仅限白人”的标语剥夺自我和尊严，我们就绝不会满足。

只要密西西比州仍然有一个黑人不能参加选举，只要纽约有一个黑人认为他投票无济于事，我们就绝不会满足。

不！我们现在并不满足，我们将来也不满足，除非正义和公正犹如江海之波涛，汹涌澎湃，滚滚而来。

我并非没有注意到，参加今天集会的人中，有些受尽苦难和折磨，有些刚刚走出窄小的牢房，有些由于寻求自由，曾在居住地惨遭疯狂迫害的打击，并在警察暴行的旋风中摇摇欲坠。你们是人为痛苦的长期受难者。坚持下去吧，要坚决相信，忍受不应得的痛苦是一种赎罪。

让我们回到密西西比去，回到亚拉巴马去，回到南卡罗来纳去，回到佐治亚去，回到路易斯安那去，回到我们北方城市中的贫民区和少数民族居住区去，要心中有数，这种状况是能够也必将改变的。我们不要陷入绝望而不可自拔。

朋友们，今天我对你们说，在此时此刻，我们虽然遭受种种困难和挫折，我仍然有一个梦想，这个梦想深深扎根于美国的梦想之中。

我梦想有一天，这个国家会站立起来，真正实现其信条的真谛："我们认为真理是不言而喻，人人生而平等。"

我梦想有一天，在佐治亚的红山上，昔日奴隶的儿子将能够和昔日奴隶主的儿子坐在一起，共叙兄弟情谊。

我梦想有一天，甚至连密西西比州这个正义匿迹，压迫成风，如同沙漠般的地方，也将变成自由和正义的绿洲。

我梦想有一天，我的四个孩子将在一个不是以他们的肤色，而是以他们的品格优劣来评价他们的国度里生活。

今天，我有一个梦想。我梦想有一天，亚拉巴马州能够有所转变，尽管该州州长现在仍然满口异议，反对联邦法令，但有朝一日，那里的黑人男孩和女孩将能与白人男孩和女孩情同骨肉，携手并进。

今天，我有一个梦想。

我梦想有一天，幽谷上升，高山下降；坎坷曲折之路成坦途，圣光披露，满照人间。

这就是我们的希望。我怀着这种信念回到南方。有了这个信念，我们将能从绝望之岭劈出一块希望之石。有了这个信念，我们将能把这个国家刺耳的争吵声，改变成为一支洋溢手足之情的优美交响曲。

有了这个信念，我们将能一起工作，一起祈祷，一起斗争，一起坐牢，一起维护自由；因为我们知道，终有一天，我们是会自由的。

在自由到来的那一天，上帝的所有儿女们将以新的含义高唱这支歌："我的祖国，美丽的自由之乡，我为您歌唱。您是父辈逝去的地方，您是最初移民的骄傲，让自由之声响彻每个山岗。"

如果美国要成为一个伟大的国家，这个梦想必须实现！

让自由之声从新罕布什尔州的巍峨的崇山峻岭响起来！

让自由之声从纽约州的崇山峻岭响起来！

让自由之声从宾夕法尼亚州的阿勒格尼山响起来！

让自由之声从科罗拉多州冰雪覆盖的落基山响起来！

让自由之声从加利福尼亚州蜿蜒的群峰响起来！

不仅如此，还要让自由之声从佐治亚州的石岭响起来！

让自由之声从田纳西州的了望山响起来！

让自由之声从密西西比的每一座丘陵响起来！

让自由之声从每一片山坡响起来！

当我们让自由之声响起，让自由之声从每一个大小村庄、每一个州和每一个城市响起来时，我们将能够加速这一天的到来。那时，上帝的所有儿女，黑人和白人，犹太教徒和非犹太教徒，耶稣教徒和天主教徒，都将手携手，合唱一首古老的黑人灵歌："自由啦！自由啦！感谢全能上帝，我们终于自由啦！"

编者注：

《我有一个梦想》也许是当今美国乃至世界人民都耳熟能详的一篇演讲，它得名于美国黑人民权运动领袖马丁·路德·金反复运用的"I have a dream"一词，描述了对黑人与白人能和平共处的愿景。

乔布斯斯坦福大学演讲（节选）[①]

乔布斯[②]

我今天很荣幸能和你们一起参加毕业典礼，斯坦福大学是世界上最好的大学之一。我从来没从大学中毕业。说实话，今天也许是在我的生命中离大学毕业最近的一天了。今天我想向你们讲述我生活中的三个故事。不是什么大不了的事，只是三个故事而已。

第一个故事是关于如何把生命中的点点滴滴串连起来。

我在Reed大学读了六个月之后就退学了，但是在十八个月以后——我真正地作出退学决定之前，我还经常去学校。我为什么要退学呢？

故事从我出生的时候讲起。我的亲生母亲是一个年轻的，没有结婚的大学毕业生。她决定让别人收养我，她十分想让我被大学毕业生收养。所以在我出生的时候，她已经做好了一

① 本文选自《经典演说》，中山大学音像出版社2007年版。

② 史蒂夫•乔布斯（1955—2011），美国著名发明家、企业家，美国苹果公司联合创办人、前行政总裁。他深刻地改变了现代通信、娱乐乃至生活的方式。

切的准备工作，能使得我被一个律师和他的妻子所收养。但是她没有料到，当我出生之后，律师夫妇突然决定他们想要一个女孩。

所以我的养父母（他们还在我亲生母亲的观察名单上）突然在半夜接到了一个电话：“我们现在这儿有一个不小心生出来的男婴，你们想要他吗？”他们回答道：“当然！”但是我的亲生母亲随后发现，我的养母从来没有上过大学，我的养父甚至从没有读过高中。她拒绝签这个收养合同。只是在几个月以后，我的养父母答应她一定要让我上大学，那个时候她才同意。

在十七岁那年，我真的上了大学。但是我很愚蠢地选择了一个几乎和你们斯坦福大学一样贵的学校，我的养父母还处于蓝领阶层，他们几乎把所有积蓄都花在了我的学费上面。在六个月后，我已经看不到其中的价值所在。我不知道我想要在生命中做什么，我也不知道大学能帮助我找到怎样的答案。

但是在这里，我几乎花光了我的养父母这一辈子的所有积蓄。所以我决定要退学，我觉得这是个正确的决定。不能否认，我当时确实非常的害怕，但是现在回头看看，那的确是我这一生中最棒的一个决定。在我做出退学决定的那一刻，我终于可以不必去读那些令我提不起丝毫兴趣的课程了。然后我还可以去修那些看起来有点意思的课程。

但是这并不是那么罗曼蒂克。我失去了我的宿舍，所以我只能在朋友房间的地板上面睡觉，我去捡 5 美分的可乐瓶子，仅仅为了填饱肚子，在星期天的晚上，我需要走七英里的路程，穿过这个城市到 Hare Krishna 寺庙（注：位于纽约 Brooklyn 下城），只是为了能吃上饭——这个星期唯一一顿好一点的饭。但是我喜欢这样。我跟着我的直觉和好奇心走，遇到的很多东西，此后被证明是无价之宝。让我给你们举一个例子吧：

Reed 大学在那时提供也许是全美最好的美术字课程。在这个大学里面的每个海报，每个抽屉的标签上面全都是漂亮的美术字。因为我退学了，没有受到正规的训练，所以我决定去参加这个课程，去学学怎样写出漂亮的美术字。

我学到了 san serif 和 serif 字体，我学会了怎么样在不同的字母组合之中改变空格的长度，还有怎么样才能作出最棒的印刷式样。那是一种科学永远不能捕捉到的、美丽的、真实的艺术精妙，我发现那实在是太美妙了。

当时看起来这些东西在我的生命中，好像都没有什么实际应用的可能。但是十年之后，当我们在设计第一台 Macintosh 电脑的时候，就不是那样了。我把当时我学的那些家伙全都设计进了 Mac。那是第一台使用了漂亮的印刷字体的电脑。

如果我当时没有退学，就不会有机会去参加这个我感兴趣的美术字课程，Mac 就不会有这么多丰富的字体，以及赏心悦目的字体间距。那么现在个人电脑就不会有现在这么美妙的字型了。当然我在大学的时候，还不可能把从前的点点滴滴串连起来，但是当我十年后回顾这一切的时候，真的豁然开朗了。

再次说明的是，你在向前展望的时候不可能将这些片断串连起来；你只能在回顾的时候将点点滴滴串连起来。所以你必须相信这些片断会在你未来的某一天串连起来。你必须要相信某些东西：你的勇气、目的、生命、因缘。这个过程从来没有令我失望 (let me down)，只是让我的生命更加地与众不同而已。

编者注：

从癌症中挺过来的乔布斯在斯坦福大学所做的这次演讲，是对过往点滴的回望，更是对所有大学生的期望，“你的努力不会一无所得”。

芦苇之思

野草序[①]

鲁迅

当我沉默着的时候，我觉得充实；我将开口，同时感到空虚。

过去的生命已经死亡。我对于这死亡有大欢喜，因为我借此知道它曾经存活。死亡的生命已经朽腐。我对于这朽腐有大欢喜，因为我借此知道它还非空虚。

生命的泥委弃在地面上，不生乔木，只生野草，这是我的罪过。

野草，根本不深，花叶不美，然而吸取露，吸取水，吸取陈死人的血和肉，各各夺取它的生存。当生存时，还是将遭践踏，将遭删刈，直至死亡而朽腐。

但我坦然，欣然。我将大笑，我将歌唱。

我自爱我的野草，但我憎恶这以野草作装饰的地面。地火在地下运行，奔突；熔岩一旦喷出，将烧尽一切野草，以及乔木，于是并且无可朽腐。

---

① 本文选自《野草》，人民文学出版社2006年版。

但我坦然，欣然。我将大笑，我将歌唱。

天地有如此静穆，我不能大笑而且歌唱。天地即不如此静穆，我或者也将不能。我以这一丛野草，在明与暗，生与死，过去与未来之际，献于友与仇，人与兽，爱者与不爱者之前作证。

为我自己，为友与仇，人与兽，爱者与不爱者，我希望这野草的朽腐，火速到来。要不然，我先未曾生存，这实在比死亡与朽腐更其不幸。

去罢，野草，连着我的题辞！

编者注：

野草的生命哲学，存在于明与暗、生与死、过去与未来之际，献于友与仇、人与兽、爱者与不爱者之前作证。这就是“夜中写作”的鲁迅的自白，他常说《野草》是属于他一个人的，是他内心的真实写照，我们从中可以看到这位大文豪、革命家的另一面。

摆渡[①]

高晓声[②]

有四个人到了渡口，要到彼岸去。这四个人，一个是有钱的，一个是大力士，一个是有权的，一个是作家。他们都要求渡河。

摆渡人说：“你们每一个人，谁把自己最宝贵的东西分一点给我，我就摆；谁不给，我就不摆。”有钱人给了点钱，上了船。大力士举举拳头说：“你吃得消这个吗？”也上了船。有权的人说：“你摆我过河以后，就别干这苦活了，跟我去做一点干净省力的事儿吧。”摆渡人听了高兴，扶他上了船。最后轮到作家开口了。作家说：“我最宝贵的，就是写作。不过一时也写不出来。我唱个歌儿给你听听吧。”摆渡人说：“歌儿我也会唱，谁要听你的！你如果实在没有甚么，唱一个也可以。唱得好，就让你过去。”作家就唱了一个。摆渡人听了，摇摇

① 本文选自《七九小说集》，江苏人民出版社1980年版。

② 高晓声（1928—1999），江苏武进人，作家。著有小说《李顺大造屋》、陈奂生系列小说、《青天在上》，杂文集《生活的交流》、《寻觅清白》等。

头说："你唱的算甚么，还没有他（指有权的）说的好听。"说罢，不让作家上船，篙子一点，船就离了岸。

这时天色已浓，作家又饿又冷，想着对岸家中，妻儿还在等他回去想办法买米烧夜饭吃，他一阵心酸，不禁仰天叹道："我平生没有作过孽，为甚么就没有路走了呢？"摆渡人一听，又把船靠岸，说："你这一声叹，比刚才唱的好听，你把你最宝贵的东西——真情实意分给了我。请上船吧！"

作家过了河，心里哈哈笑。他觉得摆渡人说得真好，作家没有真情实意，是应该无路可走的。

到了第二天，作家想起摆渡人已跟那有权的走掉，没有人摆渡了，那怎么行呢？于是他就自动去做摆渡人。从此改了行。

作家摆渡，不受惑于财富，不屈从于权力；他以真情实意待渡客，并愿渡客以真情实意报之。过了一阵之后，作家又觉得自己并未改行，原来创作同摆渡一样，目的都是把人渡到前面的彼岸去。

编者注：

在纯文学的地位日益下降甚至被边缘化的如今，写作的目的是什么，阅读的目的又是什么？这是每一个执着的作家都在苦苦思索的问题。"摆渡"是文化的传承、是新旧时代的交替，也是灵魂之间的碰触，而作家无疑就是这历史巨浪中的"摆渡者"。

我与地坛[①]

史铁生[②]

我才想到，当年我总是独自跑到地坛去，曾经给母亲出了一个怎样的难题。

她不是那种光会疼爱儿子而不懂得理解儿子的母亲。她知道我心里的苦闷，知道不该阻止我出去走走，知道我要是老呆在家里结果会更糟，但她又担心我一个人在那荒僻的园子里整天都想些什么。我那时脾气坏到极点，经常是发了疯一样地离开家，从那园子里回来又中了魔似的什么话都不说。母亲知道有些事不宜问，便犹犹豫豫地想问而终于不敢问，因为她自己心里也没有答案。她料想我不会愿意她跟我一同去，所以她从未这样要求过，她知道得给我一点独处的时间，得有这样一段过程。她只是不知道这过程得要多久，和这过程的尽头究竟是什么。每次我要动身时，她便无言地帮我准备，帮助我上了轮

① 本文选自《我与地坛》，人民文学出版社2008年版。
② 史铁生（1951—2010），著名作家。1972年双腿瘫痪。曾自称说“职业是生病，业余在写作”。其创作的散文《我与地坛》激励了无数人。

椅车，看着我摇车拐出小院；这以后她会怎样，当年我不曾想过。

有一回我摇车出了小院，想起一件什么事又返身回来，看见母亲仍站在原地，还是送我走时的姿势，望着我拐出小院去的那处墙角，对我的回来竟一时没有反应。待她再次送我出门的时候，她说："出去活动活动，去地坛看看书，我说这挺好。"许多年以后我才渐渐听出，母亲这话实际上是自我安慰，是暗自的祷告，是给我的提示，是恳求与嘱咐。只是在她猝然去世之后，我才有余暇设想，当我不在家里的那些漫长的时间，她是怎样心神不定坐卧难宁，兼着痛苦与惊恐与一个母亲最低限度的祈求。我可以断定，以她的聪慧和坚忍，在那些空落的白天后的黑夜，在那不眠的黑夜后的白天，她思来想去最后准是对自己说："反正我不能不让他出去，未来的日子是他自己的，如果他真的要在那园子里出了什么事，这苦难也只好我来承担。"在那段日子里——那是好几年长的一段日子，我想我一定使母亲作过了最坏的准备了，但她从来没有对我说过："你为我想想。"事实上我也真的没为她想过。那时她的儿子还太年轻，还来不及为母亲想，他被命运击昏了头，一心以为自己是世上最不幸的一个，不知道儿子的不幸在母亲那儿总是要加倍的。她有一个长到二十岁上忽然截瘫了的儿子，这是她唯一的儿子；她情愿截瘫的是自己而不是儿子，可这事无法代替；她想，只要儿子能活下去哪怕自己去死呢也行，可她又确信一个人不能仅仅是活着，儿子得有一条路走向自己的幸福；而这条路呢，没有谁能保证她的儿子终于能找到。——这样一个母亲，注定是活得最苦的母亲。

有一次与一个作家朋友聊天，我问他学写作的最初动机是什么？他想了一会说："为我母亲。为了让她骄傲。"我心里一惊，良久无言。回想自己最初写小说的动机，虽不似这位朋友的那般单纯，但如他一样的愿望我也有，且一经细想，发现这愿望也在全部动机中占了很大比重。这位朋友说："我的动机太低俗了吧？"我光是摇头，心想低俗并不见得低俗，只怕是这愿望过于天真了。他又说："我那时真就是想出名，出了名让别人羡慕我母亲。"我想，他比我坦率。我想，他又比我幸福，因为他的母亲还活着。而且我想，他的母亲也比我的母亲运气好，他的母亲没有一个双腿残废的儿子，否则事情就不这么简单。

在我的头一篇小说发表的时候，在我的小说第一次获奖的那些日子里，我真是多么希望我的母亲还活着。我便又不能在家里呆了，又整天整天独自跑到地坛去，心里是没头没尾的沉郁和哀怨，走遍整个园子却怎么也想不通：母亲为什么就不能再多活两年？为什么在她儿子就快要碰撞开一条路的时候，她却忽然熬不住了？莫非她来此世上只是为了替儿子担忧，却不该分享我的一点点快乐？她匆匆离我去时才只有四十九岁啊！有那么一会，我甚至对世界对上帝充满了仇恨和厌恶。后来我在一篇题为"合欢树"的文章中写道："我坐在小公园安静的树林里，闭上眼睛，想，上帝为什么早早地召母亲回去呢？很久很久，迷迷糊糊的我听见了回答：'她心里太苦了，上帝看她受不住了，就召她回去。'我似乎得了一点安慰，睁开眼睛，看见风正从树林里穿过。”小公园，指的也是地坛。

只是到了这时候，纷纭的往事才在我眼前幻现得清晰，母亲的苦难与伟大才在我心中渗透得深彻。上帝的考虑，也许是对的。

摇着轮椅在园中慢慢走，又是雾罩的清晨，又是骄阳高悬的白昼，我只想着一件事：母亲已经不在了。在老柏树旁停下，在草地上在颓墙边停下，又是处处虫鸣的午后，又是鸟儿归巢的傍晚，我心里只默念着一句话：可是母亲已经不在了。把椅背放倒，躺下，似睡非睡挨到日没，坐起来，心神恍惚，呆呆地直坐到古祭坛上落满黑暗然后再渐渐浮起月光，心里才有点明白，母亲不能再来这园中找我了。

曾有过好多回，我在这园子里呆得太久了，母亲就来找我。她来找我又不想让我发觉，只要见我还好好地在这园子里，她就悄悄转身回去。我看见过几次她的背影。我也看见过几回她四处张望的情景，她视力不好，端着眼镜像在寻找海上的一条船，她没看见我时我已经看见她了，待我看见她也看见我了我就不去看她，过一会我再抬头看她就又看见她缓缓离去的背影。我单是无法知道有多少回她没有找到我。有一回我坐在矮树丛中，树丛很密，我看见她没有找到我；她一个人在园子里走，走过我的身旁，走过我经常呆的一些地方，步履茫然又急迫。我不知道她已经找了多久还要找多久，我不知道为什么我决意不喊她——但这绝不是小时候的捉迷藏，这也许是出于长大了的男孩子的倔强或羞涩？但这倔强只留给我痛悔，丝毫也没有骄傲。我真想告诫所有长大了的男孩子，千万不要跟母亲来这套倔强，羞涩就更不必，我已经懂了可我已经来不及了。

儿子想使母亲骄傲，这心情毕竟是太真实了，以致使“想出名”这一声名狼藉的念头也多少改变了一点形象。这是个复杂的问题，且不去管它了罢。随着小说获奖的激动逐日暗淡，我开始相信，至少有一点我是想错了：我用纸笔在报刊上碰撞开的一条路，并不就是母亲盼望我找到的那条路。年年月月我都到这园子里来，年年月月我都要想，母亲盼望我找到的那条路到底是什么。母亲生前没给我留下过什么隽永的哲言，或要我恪守的教诲，只是在她去世之后，她艰难的命运，坚忍的意志和毫不张扬的爱，随光阴流转，在我的印象中愈加鲜明深刻。

有一年，十月的风又翻动起安详的落叶，我在园中读书，听见两个散步的老人说：“没想到这园子有这么大。”我放下书，想，这么大一座园子，要在其中找到她的儿子，母亲走过了多少焦灼的路。多年来我头一次意识到，这园中不单是处处都有过我的车辙，有过我的车辙的地方也都有过母亲的脚印。

编者注：

在双腿残废的沉重打击下，在找不到工作、找不到去路、忽然间几乎什么都找不到了的时候，他“走”进地坛，从此以后与地坛结下了不解之缘。这其中有对母亲的愧疚和回忆，也有对生命的体悟和深思。

真正的高贵[①]

海明威[②]

风平浪静的大海，每个人都是领航员。

但是，只有阳光而无阴影，只有欢乐而无痛苦，那就不是人生。以最幸福的人的生活为例——它是一团纠缠在一起的麻线。丧母之痛和幸福祝愿彼此相接，使我们一会伤心，一会高兴，甚至死亡本身也会使生命更加可亲。在人生的清醒的时刻，在哀痛和伤心的阴影之下，人们真实的自我最接近。

在人生或者职业的各种事务中，性格的作用比智力大得多，头脑的作用不如心情，天资不如由判断力所节制着的自制，耐心和规律。

我始终相信，开始在内心生活得更严肃的人，也会在外表上开始生活得更朴素。在一个奢华浪费的年代，我希望能向世界表明，人类真正需要的东西是非常之微少的。

---

① 本文选自《真正的高贵》，中国书籍出版社2008年版。
② 欧内斯特·米勒尔·海明威（1899—1961），美国记者和作家，被认为是20世纪最著名的小说家之一。

悔恨自己的错误，而且力求不再重蹈覆辙，这才是真正的悔悟。优于别人，并不高贵，真正的高贵应该是优于过去的自己。

编者注：

“优于别人，并不高贵，真正的高贵应该是优于过去的自己。”海明威被誉为美利坚民族的精神丰碑，并且是“新闻体”小说的创始人，他的笔锋一向以“文坛硬汉”著称，他用自己的人生完美地诠释了这句话。

我为什么而活着①

罗素②

三种单纯然而极其强烈的激情支配着我的一生。那就是对于爱情的渴望，对于知识的追求，以及对于人类苦难痛彻肺腑的怜悯。这些激情犹如狂风，把我伸展到绝望边缘的深深的苦海上东抛西掷，使我的生活没有定向。我追求爱情，首先因为它叫我消魂。爱情使人消魂的魅力使我常常乐意为了几小时这样的快乐而牺牲生活中的其他一切。我追求爱情，又因为它减轻孤独感——那种一个颤抖的灵魂望着世界边缘之外冰冷而无生命的无底深渊时所感到的可怕的孤独。我追求爱情，还因为爱的结合使我在一种神秘的缩影中提前看到了圣者和诗人曾经想象过的天堂。这就是我所追求的，尽管人的生活似乎还不配享有它，但它毕竟是我终于找到的东西。

我以同样的热情追求知识，我想理解人类的心灵，我想了

---

① 本文选自《罗素自己》，商务印书馆2003年版。
② 伯特兰·罗素（1872—1970），20世纪英国哲学家、数学家、逻辑学家、历史学家，无神论或者不可知论者，也是20世纪西方最著名、影响最大的学者与和平主义社会活动家之一。

解星辰为何灿烂，我还试图弄懂毕达哥拉斯学说的力量，是这种力量使我在无常之上高踞主宰地位。我在这方面略有成就，但不多。

爱情和知识只要存在，总是向上导往天堂。但是，怜悯又总是把我带回人间。痛苦的呼喊在我心中反响回荡，孩子们受饥荒煎熬，无辜者被压迫者折磨，孤弱无助的老人在自己的儿子眼中变成可恶的累赘，以及世上触目皆是的孤独、贫困和痛苦——这些都是对人类应该过的生活的嘲弄。我渴望能减少罪恶，可我做不到，于是我感到痛苦。

这就是我的一生。我觉得这一生是值得活的，如果真有可能再给我一次机会，我将欣然再重活一次。

编者注：

人为什么活着？实际上这是人类始终关心的一个哲学命题，是人类对自身永恒的追问。罗素作为一个伟大的思想家、哲学家，他用文学的笔法，对这个永恒的命题作出了响亮的回答，通俗而生动地亮出了自己的思想。

人是能够思想的芦苇[①]

帕斯卡尔[②]

思想形成人的伟大。

人只不过是一根苇草，是自然界最脆弱的东西；但他是一根能思想的苇草。用不着整个宇宙都拿起武器来才能毁灭；一口气、一滴水就足以致他死命了。然而，纵使宇宙毁灭了他，人却仍然要比致他于死命的东西更高贵得多；因为他知道自己要死亡，以及宇宙对他所具有的优势，而宇宙对此却是一无所知。

因而，我们全部的尊严就在于思想。正是由于它而不是由于我们所无法填充的空间和时间我们才必须提高自己。因此，我们要努力好好地思想；这就是道德的原则。

能思想的苇草——我应该追求自己的尊严，绝不是求之于空间，而是求之于自己的思想的规定。我占有多少土地都不会

---

① 本文选自《思想录》，译林出版社2010年版。

② 帕斯卡尔（1623—1662），法国数学家、物理学家、哲学家、散文家。

有用；由于空间，宇宙便囊括了我并吞没了我，有如一个质点；由于思想，我却囊括了宇宙。人既不是天使，又不是禽兽；但不幸就在于想表现为天使的人却表现为禽兽。

思想——人的全部的尊严就在于思想。

因此，思想由于它的本性，就是一种可惊叹的、无与伦比的东西。它一定得具有出奇的缺点才能为人所蔑视；然而它又确实具有，所以再没有比这更加荒唐可笑的事了。思想由于它的本性是何等地伟大啊！思想又由于它的缺点是何等地卑贱啊！

然而，这种思想又是什么呢？它是何等地愚蠢啊！人的伟大之所以为伟大，就在于他认识自己可悲。一棵树并不认识自己可悲。因此，认识（自己）可悲乃是可悲的；然而认识我们之所以为可悲，却是伟大的。

这一切的可悲其本身就证明了人的伟大。它是一位伟大君主的可悲，是一个失了位的国王的可悲。我们没有感觉就不会可悲；一栋破房子就不会可悲。只有人才会可悲。

人的伟大——我们对于人的灵魂具有一种如此伟大的观念，以致我们不能忍受它受人蔑视，或不受别的灵魂尊敬；而人的全部的幸福就在于这种尊敬。

人的伟大——人的伟大是那样地显而易见，甚至于从他的可悲里也可以得出这一点来。因为在动物是天性的东西，我们于人则称之为可悲；由此我们便可以认识到，人的天性现在既然有似于动物的天性，那末他就是从一种为他自己一度所固有的更美好的天性里面堕落下来的。

因为，若不是一个被废黜的国王，有谁会由于自己不是国王就觉得自己不幸呢？人们会觉得保罗·哀米利乌斯不再任执政官就不幸了吗？正相反，所有的人都觉得他已经担任过了执政官乃是幸福的，因为他的情况就是不得永远担任执政官。然而人们觉得柏修斯不再做国王却是如此之不幸——因为他的情况就是永远要做国王——以致人们对于他居然能活下去感到惊异。谁会由于自己只有一张嘴而觉得自己不幸呢？谁又会由于自己只有一只眼睛而不觉得自己不幸呢？我们也许从不曾听说过由于没有三只眼睛便感到难过的，可是若连一只眼睛都没有，那就怎么也无法慰藉了。

对立性。在已经证明了人的卑贱和伟大之后——现在就让人尊重自己的价值吧。让他热爱自己吧，因为在他身上有一种足以美好的天性；可是让他不要因此也爱自己身上的卑贱吧。让他鄙视自己吧，因为这种能力是空虚的；可是让他不要因此也鄙视这种天赋的能力。让他恨自己吧，让他爱自己吧：他的身上有着认识真理和可以幸福的能力；然而他却根本没有获得真理，无论是永恒的真理，还是满意的真理。

因此，我要引人竭力寻找真理并准备摆脱感情而追随真理（只要他能发现真理），既然他知道自己的知识是彻底地为感情所蒙蔽；我要让他恨自身中的欲念——欲念本身就限定了他——以便欲念不至于使他盲目作出自己的选择，并且在他作出选择之后不至于妨碍他。

编者注：

莎士比亚曾说："人类是一件多么了不起的杰作！多么高贵的理性！多么伟大的力量！多么优美的仪表！多么文雅的举动！在行为上多么像一个天使！在智慧上多么像一个天神！"而这一切的源头就在于思想，人与动物的区别也正在于此。

古典情怀

诫子书

诸葛亮[①]

夫君子之行，静以修身，俭以养德，非淡泊无以明志，非宁静无以致远。夫学须静也，才须学也。非学无以广才[②]，非静无以成学。淫慢[③]则不能励精，险躁[④]则不能治性[⑤]。年与时驰[⑥]，意与日去，遂成枯落，多不接世[⑦]，悲守穷庐，将复何及[⑧]！

【注释】

① 诸葛亮（181—234），字孔明，号卧龙（也作伏龙），汉族，徐州琅琊阳都人，三国时期蜀汉丞相，杰出的政治家、军事家、散文家、书法家、发明家。

② 广才：增长才干。

③ 淫慢：放纵，怠惰。

④ 险躁：暴躁、浮躁，与上文“宁静”相对而言。

⑤ 治性：治通冶，陶冶性情。

⑥ 驰：疾行，这里是增长的意思。

⑦ 多不接世：意思是对社会没有任何贡献。接世，接触社会，对社会有益。有“用世”的意思。

⑧ 将复何及：又怎么来得及。

编者注：

《诫子书》是三国时期著名政治家诸葛亮临终前写给 8 岁儿子诸葛瞻的一封家书，成为后世历代学子修身立志的名篇。

春夜宴从弟桃李园序[①]

李白[②]

夫天地者，万物之逆旅也；光阴者，百代之过客也。而浮生若梦，为欢几何？古人秉烛夜游，良有以也。况阳春召我以烟景，大块假我以文章[③]。会桃花之芳园，序天伦[④]之乐事。群季[⑤]俊秀，皆为惠连[⑥]；吾人咏歌，独惭康乐[⑦]。幽赏未已，高谈转清。开琼筵以坐花，飞羽觞而醉月[⑧]。不有佳咏，何伸雅怀？如诗不成，罚依金谷酒数[⑨]。

【注释】

① 本文选自《古文观止》，中华书局 1987 年版。此序约于开元二十一年（733 年）前后作于安陆。桃花园，疑在安陆兆山桃花岩。从：cóng（旧读 zòng），堂房亲属。从弟：堂弟。

② 李白（701—762），字太白，号青莲居士，唐朝浪漫主义诗人，被后人誉为“诗仙”。

③ 大块：大地。假：借，这里是提供、赐予的意思。文章：这里指绚丽的文采。古代以青与赤相配合为文，赤与白相配合为章。

④ 序：通“叙”，叙说。天伦：指父子、兄弟等亲属关系，这里专指兄弟。

⑤ 群季：诸弟。兄弟长幼之序，曰伯、仲、叔、季，故以季代称弟。季：年少者的称呼，这里泛指弟弟。

⑥ 惠连：谢惠连，南朝诗人，早慧。

⑦ 康乐：南朝刘宋时山水诗人谢灵运，袭封康乐公，世称谢康乐。

⑧ 羽觞（shāng）：古代一种酒器，做鸟雀状，有头尾羽翼。醉月：醉倒在月光下。

⑨ 金谷酒数：金谷，园名，晋石崇于金谷涧（在今河南洛阳西北）中所筑，他常在这里宴请宾客。

编者注：

李白以诗笔行文，虽然是文，却和他的诗一样飘逸俊爽。这篇小品，景、情、思融合成一种美丽的意境。

名二子说[①]

苏洵[②]

轮、辐、盖、轸[③]，皆有职乎车，而轼独若无所为者。虽然，去轼则吾未见其为完车也。轼乎，吾惧汝之不外[④]饰[⑤]也。

天下之车莫不由辙[⑥]，而言车之功者，辙不与焉[⑦]。虽然，车仆马毙，而患亦不及辙。是辙者，善处乎祸福之间也。辙乎，吾知免[⑧]矣。

【注释】

① 本文选自《唐宋八大家文钞》，上海古籍出版社2007年版。

② 苏洵（1009—1066），字明允，四川眉山人。和其子苏轼、苏辙并称为“三苏”，名列“唐宋八大家”。

③ 轮、辐、盖、轸：轮，车轮。辐：辐条，插入轮毂以支撑轮圈的细条。盖：车上的伞盖。轸：车箱底部后面的横木。轼：设在车箱前面供人凭倚的横木。

④ 外：外表；外在。

⑤ 饰：掩饰。

⑥ 辙：车轮行迹，也指车行的一定路线。

⑦ 与焉：在其中。与：参加，参与。

⑧ 免：免于灾祸。

编者注：

大凡父母取名，皆有所希冀，苏洵为其儿子取名，概莫能外，根据苏轼和苏辙二人不同的性格而深思熟虑，寄寓深重。

小石城山记[①]

柳宗元[②]

自西山道口径北，逾黄茅岭而下，有二道：其一西出，寻之无所得；其一少北而东，不过四十丈，土断[③]而川分，有积石横当其垠[④]。其上为睥睨、梁欐[⑤]之形，其旁出堡坞[⑥]，有若门焉。窥之正黑，投以小石，洞然[⑦]有水声，其响之激越，良久乃已。环之可上，望甚远，无土壤而生嘉树美箭，益奇而坚，其疏数偃仰[⑧]，类智者所施设也。

噫！吾疑造物者之有无久矣。及是，愈以为诚有。又怪其不为之中州[⑨]，而列是夷狄[⑩]，更千百年不得一售其伎[⑪]，是固劳而无用。神者傥不宜如是，则其果无乎？或曰："以慰夫贤而辱于此者。"或曰："其气之灵，不为伟人，而独为是物，故楚之南少人而多石。"是二者，余未信之。

【注释】

① 本文选自《柳宗元集》，中华书局 1979 年版。

② 柳宗元（773—819），字子厚，汉族，唐朝河东（今山西运城）人，杰出诗人、哲学家、儒学家乃至成就卓著的政治家，唐宋八大家之一。

③ 土断：山势突然断落，形成峭壁。

④ 垠：边际、界限。

⑤ 睥睨（pì nì）：通“埤堄”，城上如齿状的矮墙。又称女墙。梁欐（lì）：房子的正梁，这里指山石堆积形似城上望楼一类的建筑。

⑥ 堡坞：土堡。

⑦ 洞然：投石入深水的声音。

⑧ 疏数偃仰：长得参差错落，疏密相间，有高有低。疏：稀。数（cù）：密。偃（yǎn）：俯，卧倒。仰：挺拔。

⑨ 中州：中原地区。

⑩ 夷狄：古时对少数民族的称呼，这里指少数民族聚居的荒远地区。

⑪ 更千百年不得一售其伎：经历千百年而不被人欣赏。更：经历。伎：技。

编者注：

《小石城山记》是《永州八记》中的一篇，写于作者遭贬谪之后，虽为写景，实则抒发自己郁郁不平之气。

黔[1]之驴[2]

柳宗元[3]

黔无驴，有好事者船载以入。至则无可用，放之山下。虎见之，庞然大物也，以为神。蔽林间窥之，稍出近之，慭慭[4]然，莫相知。

他日，驴一鸣，虎大骇，远遁；以为且噬己也，甚恐。然往来视之[5]，觉无异能者。益[6]习其声，又近出前后，终不敢搏。稍近，益狎[7]，荡倚冲冒[8]。驴不胜怒，蹄之。虎因喜，计之曰："技止此耳！"因跳踉大㘎[9]，断其喉，尽其肉，乃去。

噫！形之庞也类有德，声之宏也类有能。向[10]不出其技，虎虽猛，疑畏，卒[11]不敢取。今若是焉，悲夫！

【注释】

① 黔（qián）：即唐代黔中道，辖境相当今湖南阮水流域、湖北清江流域、重庆黔江流域和贵州东北一部分，后来称贵州省为黔。

② 本文选自《柳宗元集》，中华书局 1979 年版。

③ 柳宗元(773—819)，字子厚，汉族，唐朝河东(今山西运城)人，杰出诗人、哲学家、儒学家乃至成就卓著的政治家，唐宋八大家之一。

④ 慭（yìn yìn）然：小心谨慎的样子。

⑤ 然往来视之：然：表转折，然而，但是。往来：来来回回。视：观察。

⑥ 益：更加。

⑦ 狎（xiá）：态度亲近而不庄重。

⑧ 荡倚冲冒：形容虎对驴轻侮戏弄的样子。荡：碰撞。倚：依靠。冲：冲撞。冒：冒犯。

⑨ 㘎（hǎn）：（虎）怒吼。

⑩ 向：之前。

⑪ 卒：最终。

编者注：

柳宗元屡遭贬谪，寄托山水则有《永州八记》，讽刺之作则有《三戒》（《临江之麋》、《黔之驴》、《永某氏之鼠》），前者隐而显，后者显而隐，均为传世佳作。

喜雨亭记[1]

苏轼[2]

亭以雨名，志[3]喜也。古者有喜，则以名物，示不忘也。周公得禾[4]，以名其书；汉武得鼎，以名其年[5]；叔孙胜狄，以名其子[6]。其喜之大小不齐，其示不忘一也。

予至扶风之明年[7]，始治官舍。为亭于堂之北，而凿池其南，引流种木，以为休息之所。是岁之春，雨麦于岐山之阳，其占为有年[8]。既而弥月不雨[9]，民方以为忧。越三月乙卯，乃雨，甲子又雨，民以为未足。丁卯大雨，三日乃止。官吏相与庆于庭，商贾相与歌于市，农夫相与忭[10]于野，忧者以喜，病者以愈，而吾亭适成。

于是举酒于亭上，以属客[11]而告之，曰："五日不雨，可乎？"曰："五日不雨则无麦。""十日不雨，可乎？"曰："十日不雨则无禾。""无麦无禾，岁且荐饥[12]，狱讼繁兴，而盗贼滋炽。则吾与二三子，虽欲优游以乐于此亭，其可得耶？今天不遗斯民，始旱而赐之以雨。使吾与二三子得相与优游以乐于此亭者，皆雨之赐也。其又可忘耶！"

既以名亭，又从而歌之，曰："使天而雨珠，寒者不得以为襦；使天而雨玉，饥者不得以为粟。一雨三日，伊谁之力？民曰太守，太守不有；归之天子，天子曰不然；归之造物，造物不自以为功；归之太空，太空冥冥。不可得而名。吾以名吾亭。"

【注释】

① 本文选自《苏轼文集》，中华书局2004年版。

② 苏轼（1037—1101），字子瞻，又字和仲，号东坡居士，世人称其为"苏东坡"。汉族，四川眉山人。北宋著名文学家、书画家、词人、诗人、美食家。

③ 志：记。

④ 周公得禾：周成王的同母弟唐叔得一异禾。这种禾是两禾生在不同的田亩上，而合生一穗。于是献给成王，成王送给周公。周公受禾后，作《嘉禾》一篇。

⑤ 汉武得鼎，以名其年：据《汉书·武帝纪》记载，元鼎元年（公元前116年）五月，得宝鼎于汾水，于是改元为元鼎元年。

⑥ 叔孙胜狄，以名其子：鲁文公十一年，北狄鄋瞒国伐鲁，鲁文公派叔孙得臣御敌，打败了鄋瞒，并击杀其国君侨如，于是将自己的儿子命名为侨如，以表其功。

⑦ 扶风：即凤翔府，今陕西凤翔府。苏轼曾做过凤翔府判官，于嘉佑六年（1061年）到任。明年：第二年。

⑧ 雨麦：上天下麦子。岐山：今陕西岐山县。占：占卦。年：年成。有年：指丰收。人们不知道雨麦是不是"祥瑞"，所以占卦。

⑨ 弥：满。弥月：整月。雨：下雨（动词）。

⑩ 忭（biàn）：高兴，喜欢。

⑪ 属（zhǔ）：注，酌，有的地方写成同"嘱"，劝请的意思。属客：指斟酒给客人喝。

⑫ 荐：重。荐饥：重复地遭到饥荒。

编者注：

苏轼不仅是大文学家，更是爱民如子的官员。对自己，他追求的是“不以物喜，不以己悲”；对百姓，他却是“喜人民之喜，悲人民之悲”。

西湖七月半[1]（节选）[2]

张岱[3]

西湖七月半，一无可看，止可看看七月半之人。看七月半之人，以五类看之：其一，楼船箫鼓，峨冠盛筵[4]，灯火优傒[5]，声光相乱，名为看月而实不见月者，看之。其一，亦船亦楼，名娃闺秀，携及童娈，笑啼杂之，环坐露台，左右盼望，身在月下而实不看月者，看之。其一，亦船亦声歌，名妓闲僧，浅斟低唱，弱管轻丝[6]，竹肉相发，亦在月下，亦看月而欲人看其看月者，看之。其一，不舟不车，不衫不帻[7]，酒醉饭饱，呼群三五，跻[8]入人丛，昭庆[9]、断桥，嚣[10]呼嘈杂，装假醉，唱无腔曲，月亦看，看月者亦看，不看月者亦看，而实无一看者，看之。其一，小船轻幌[11]，净几暖炉，茶铛旋煮[12]，素瓷静递[13]，好友佳人，邀月同坐，或匿影树下，或逃嚣里湖[14]，看月而人不见其看月之态，亦不作意看月者，看之。

【注释】

① 本文选自《陶庵梦忆》，江苏古籍出版社2000年版。

② 张岱（1597—1679）又名维城，字宗子，又字石公，号陶庵、天孙，别号蝶庵居士，晚号六休居士，汉族，山阴（今浙江绍兴）人。著有《琅嬛文集》、《陶庵梦忆》、《西湖梦寻》等。

③ 七月半：农历七月十五，又称中元节。

④ 峨冠：头戴高冠，指士大夫。盛筵：摆着丰盛的酒筵。

⑤ 优傒（xī）：优伶和仆役。

⑥ 弱管轻丝：谓轻柔的管弦音乐。

⑦ 帻（zé）：头巾。

⑧ 跻（jī）：通“挤”。

⑨ 昭庆：寺名。

⑩ 嚣：呼叫。

⑪ 幌（huàng）：窗幔。

⑫ 铛（chēng）：温茶、酒的器具。旋（xuàn）：随时，随即。

⑬ 素瓷静递：雅洁的瓷杯无声地传递。

⑭ 逃嚣：躲避喧闹。里湖：西湖的白堤以北部分。

编者注：

不写自然风光，却写看月之人。在作者看来，七月半赏月之人有五类，这五种人皆成了作者眼中的风景。

病梅馆记[①]

龚自珍[②]

江宁[③]之龙蟠[④]，苏州之邓尉[⑤]，杭州之西溪，皆产梅。或曰："梅以曲为美，直则无姿；以欹[⑥]为美，正则无景；以疏为美，密则无态。"固也[⑦]。此文人画士，心知其意，未可明诏大号[⑧]，以绳天下之梅也；又不可以使天下之民，斫[⑨]直、删密、锄正，以夭梅病梅[⑩]为业以求钱也。梅之欹、之疏、之曲，又非蠢蠢求钱之民能以其智力为也。有以文人画士孤癖之隐明告鬻[⑪]梅者，斫其正，养其旁条；删其密，夭其稚枝；锄其直，遏其生气；以求重价，而江、浙之梅皆病。文人画士之祸之烈至此哉！

予购三百盆，皆病者，无一完者。既泣之三日，乃誓疗之、纵之、顺之，毁其盆，悉埋于地，解其棕缚，以五年为期，必复之全之。予本非文人画士，甘受诟厉[⑫]，辟病梅之馆以贮之。

呜呼！安得使予多暇日，又多闲田，以广贮江宁、杭州、苏州之病梅，穷予生之光阴以疗梅也哉！

【注释】

① 本文选自《龚自珍全集》，上海古籍出版社 1975 年版。

② 龚自珍（1792—1841），字尔玉，汉族，浙江仁和（今杭州）人。是近代改良主义的先驱者。出身于世代官宦学者家庭。著名诗作《己亥杂诗》共 350 首。

③ 江宁：旧江宁府所在地，在今江苏南京。

④ 龙蟠：龙蟠里，在今南京清凉山下。

⑤ 邓尉：山名，在今江苏苏州西南。

⑥ 欹（qī）：倾斜 。

⑦ 固也：本来如此。固：本来。

⑧ 明诏大号：公开宣告，大声疾呼。明：公开。诏：告诉，一般指上告下。号：疾呼、喊叫 。

⑨ 斫：砍削。

⑩ 夭梅病梅：摧折梅，把它弄成病态。夭（yāo）：使……摧折（使……弯曲） 。

⑪ 鬻（yù）：卖。

⑫ 诟厉：讥评，辱骂。厉：病。

编者注：

以病梅为喻，实则抨击科举考试中八股文大行其道、贪污腐败横行的世局乱象。。